給台灣的情書

張瀞仁 Jill Chang 文・攝影

試著寫封情書

文／曾文誠（棒球球評）

有什麼是你覺得台灣人習以爲常，但外國人看了驚奇不已的？別跟我說滿街的摩托車橫衝直撞。我先說一個好了，咖啡店桌上放著手機、椅上留著背包，但主人不知跑去哪？沒有人會拿走、也不會有人覺得奇怪，除了老外。

Jill 在她這本名爲《給台灣的情書》的書中提到，一位日本媽媽帶著孩子在早餐店用餐，但身邊的孩子卻哭鬧不已令她十分苦惱，此時早餐店阿姨過來說：「小孩我抱，媽媽妳快吃！」看到此你會不會和我一樣，覺得這有什麼好大驚小怪、很「正常」吧！但此一舉動卻令日本人驚訝得說不出話來，感動之餘還和其他國人分享。

Jill寫了些這類的小故事，但這不是書的主軸，事實上她說這是本「沒有主題，不用顧及任何立場，不需要任何起承轉合或脈絡，我可以只寫我在乎的事，有些像是日記，記載我的反思，有些是我珍藏在心裡的記憶」。當有作者說她的書「沒有主題，不用顧及任何立場」時，你是不是覺得那不過是先打個預防針，免得被批毫無章法的說詞？但不是喔，如果從第一個字看到最後，其實Jill是很有「組織」性地想說什麼！

Jill的前兩本書，熱銷到我都懷疑全台灣的人都看過。她點出了內向者及冒牌者症候群，在非我族類眼中被視爲種種古怪而令人難解的一面，但Jill要說的是：「各位啊，我也是有這種症頭的人，你們別怕，你們在哪裡呢？」至少我是出現了，頻頻點頭是我在閱讀過程時不斷出現的動作，那些書裡所說的特徵我大概有八九成吧，換算成打擊率可真驚人啊！

而這本《給台灣的情書》也是一樣，並非如她自謙的「沒有主題」，她很清楚傳達的是，嗯，這句話好像被人爛用到形成口號似地毫無意義，但對 Jill 有意義，她很明白地用文字說：「我愛台灣！」但她沒有自吹自擂地誇台灣有多好，而是用老外的眼光來看台灣，那些我們覺得沒什麼大不了的小事，卻反而顯示這個島嶼有多可愛、人民有多棒，這是極高明的寫作技巧。

在她的文字裡我們還看到，Jill 以行動想方設法將台灣推出去，行事向來低調的她，卻這麼高調用力真讓人不習慣。國外友人來台，爲了讓他們留下對台灣的美好，會客製化送對方各種代表台灣的禮物。連人家跑去聽她演講也不放過，硬要對日本讀者說：「台灣很棒對吧？要常回來！」回到美國球場也不忘提醒前主管：「我是台灣來的，你還記得吧！」

這個人到底有多愛台啊？她的主要工作是在美國募款幫助亞洲非營利組織（當然也包括台灣），這就算了，連好不容易辛苦擠出千字的專欄，賺到的稿費也捐給這個島上有需要的人。在那篇〈世界不夠好，但我們可以變得更好〉文章提到，某次為了證明錢是她本人捐出，還得跑到離家有段距離的銀行去簽字。看到這段我真心覺得我做不到，我可能有愛心但確定我很懶！

愛台灣是這本書我看到的「主題」。剩下的是，相較於前兩本賣得超級好超級好的書（一直講表示很羨慕），Jill 想問那些內向者、冒牌者：「你們在哪裡呢？」Jill 在這本書映出的影像是：「我在這裡喔！」細細品嘗書中文字，我們或許可勾勒出 Jill 這個人的些許輪廓，這是一本 Jill「寫給自己的情書」。書裡有她的愛，愛她的棒球。

忘記哪一頁 Jill 寫到「有三件事佔滿我的青春期：棒球、動漫和追星」，把棒球放最前面一點也不意外，書裡好多篇幅、好多棒球，眞是寫好寫滿。她提到從小怎麼開始看棒球、了解棒球的，然後說她的雙城隊，還有隊中一直在受傷的球星 Buxton（講到此她沒有罵髒話只是要顧形象而已）。沒關係，她還有最愛的偶像 Joe Mauer，而且不遠千里飛到美國去看此君入選棒球名人堂。她也聊 WBC、鈴木一朗的手套、心情不好會去球場走走，連做夢都能夢到忘了贊助棒球 Podcast 節目。最後愛棒球愛到以身相許嫁給打棒球的老公，就不是凡人所能及的！不過非常確定的是，Jill 眞的是如她所言「我可以只寫我在乎的事」。

書裡還有她說的「有些像是日記，記載我的反思，有些是我珍藏在心裡的記憶」，Jill 用她敏感的心及敏銳的眼去觀察週邊的一點一滴，她寫到：「我喜歡美好的事物，捷運上戴著耳機的女生，某個路人走過斑馬線的樣子，都會讓我駐足，倒不是長相或身材的關係，我喜歡他們散發出那種意境美好的氣場。」她另寫到：「這些記憶就像某個週日早晨吹拂的微風，或連日陰雨後灑落的陽光……」這不是為賦新詞強說愁的文字，這肯定是她的心情寫照。她還寫她的友人，能一路助她的「wingman」，不經意拉她一把的眾多「馬力哪」，這兩者我都不是，但能身爲她筆下的朋友我極感榮幸。

有什麼是你覺得台灣人習以爲常，但外國人看了驚奇不已的？有沒有答案也不是那麼重要了。我們或許可以和 Jill 一樣，學著看看台灣的美、學著看看身邊事物的好，也或者靜下心來回想有什麼是你在乎的，可以永遠珍藏在心裡的記憶，試者也寫封「情書」吧，不論要給誰都是很棒的！

我最喜歡台灣的理由是「人」

文／近藤弥生子 Yaeko Kondo（編輯、紀實文學作家）

「你喜歡台灣的哪一點呢？」這是我在和台灣朋友的對話、或台灣媒體採訪時，必被問到的問題之一。

我在台灣生活已經邁入第十三年了——和台灣人丈夫再婚，我的兩個孩子都在台灣出生和長大。

兩個孩子都非常喜歡肉鬆（不好意思其實我不太習慣吃），他們嬰兒期都吃台灣式的副食品，由台灣的保母照顧，在台灣的幼稚園吃台式點心長大。我不會寫也不會讀注音符號，每次孩子們都很熱心的幫我讀。

我與 Jill 的相遇是在她的書中。當時她的著作《安靜是種超能力》在日本媒體上被介紹爲「獲獎的商業類自我啓發書，作者是台灣人」，我立刻下載了電子書並開始閱讀。

讀著序言時，我感動得發抖。作爲一個內向者，雖然我很愛寫書，但出版後要宣傳自己的書讓我感到恐懼。我通常形容自己像「蕨類植物」，在陰暗潮濕的地方才能自在地生活。但即使如此，我還是必須強迫自己表現得外向一些，才能在寫手這條路上有所成就。

Jill 和我一樣是亞洲人，我們都曾迷上安室奈美惠，所以應該可以說是同一個世代吧。她也是個母親，和我一樣從事寫作工作，但很不一樣的是，她策略鮮明地解決了我所面臨的問題。

從那以後，我們成了好朋友。我時間喝咖啡聊聊天，我在日本出版了一本關於《台灣式ＥＱ》的書，撰寫時因爲我認爲 Jill 是ＥＱ非常高的人，所以我請她在我的書裡擔任「台灣式ＥＱ的引導人」。透過採訪，我們談了許多台灣與日本文化的不同，那時候我們的對話也被收錄在這本書中，這是我的榮幸。

Jill 曾形容我「像一扇能讓日本與台灣互相看見的窗戶」，對我來說，她也是一樣。

當我閱讀到本書中收錄的〈等待大門未知子的日本〉（見第二五三頁）這篇文章時，感到非常震撼。我在自己的日文 Podcast 中向日本聽衆介紹時，大家也都驚訝地說：「眞沒注意到，但確實如此！」「原來我們的社會是這樣子的！」

回到前述，我最喜歡台灣的理由是「人」。

像 Jill 這樣，在台灣，大家能用我沒有的視角看待世界各種事物，總是動搖我的價值觀，幫助我解開成長過程中在日本不知不覺被束縛的「必須如此」的枷鎖。這種解放的喜悅是無可取代的。

我很高興能與你一起閱讀 Jill 寫給台灣的情書。如果我們有機會見到面，請你告訴我你的感想，還有你心中「給台灣的情書」會是什麼樣子。

目錄

目錄

過分喜歡，過分台灣

曾經以為自己再也寫不出一本書了。我寫過兩本職場書、一本童書繪本，很幸運在國際上有些人認識。但或許是沒有天分、不夠努力、抗壓性太低、或以上皆是，創作對我來說仍然非常痛苦。第一本書之後，我足足花了五年才克服PTSD（創傷後壓力症候群）重新創作。就像我從小喜歡看的棒球，自從做了相關工作後，就變成單純的數字、目標、責任，不再有樂趣。成為作者之後，銷量、宣傳、市場變化也讓一切變得沒那麼好玩。

但這本書救了我。

確切一點來說，一切是從聯合報繽紛版主編栗光的邀約開始。我當初不認識她、不知道現在誰在看報紙、也不覺得自己有辦法固定每兩週刊出一篇，承受整年的長期截稿壓力。但總是不好意思拒絕別人的我，還是答應了。這個專欄變成我固定寫作的驅力，也出乎意料的成爲某種療癒。

沒有主題、不用顧及任何立場、不需要任何起承轉合或脈絡，我可以只寫我在乎的事。書寫的過程中，有些像是日記，記載我的反思；有些是我珍藏在心裡、或許對世界來說一點都不重要的回憶。

比起之前的作品，這本散文集顯得缺乏主軸。李安導演說過「我是台灣人，不管我在哪裡拍片，拍的都是台灣片」。我也是回頭看才知道，原來我之所以爲我、還有對我來說重要的，大部分是台灣，還有一路上碰到的人事物；而有些人，像織進名爲生命的溫柔河流一樣，默默地不曾遠去。這樣的台灣、這樣的燦爛歲月和美好人們，當然可以當作主軸吧？當然，台灣離完美還有一大段距離，不過這是「家」。

棒球選手周思齊聊到二〇一三年經典賽進到美輪美奐的東京巨蛋比賽時，他有種自卑感。前一年他甚至是中華職棒的年度MVP，全台灣棒球選手的頂點，但他覺得自己來自一個不夠好的地方、比不上人家。多年後他說「台北市立棒球場再怎麼醜，還是自己的小孩」。沒有小孩是完美的，但自己的孩子永遠值得多一點點的愛和陪伴。台灣或許就是這樣。

所以現在，我又開始寫作跟看棒球了。我在《女俠》上寫了一年、《聯合報》寫了兩年專欄[1]、在台灣時每個月會進球場一至四次。因爲合作多次的主編潔欣邀約，這樣雜筆有機會變成一封或許五音不全、卻絕對真摯的情書，給台灣的情書。

旅程。

我好像又開始有點期待跟著書一起，前往未知、遇見更多美好的

常在各地飛來飛去的我，此刻正在很多人心目中是天堂的國家、沐浴在被寫進流行歌曲裡許多次的燦爛陽光中。但我雲端硬碟裡有個命名為「過分」的資料夾，收藏朋友寄給我的台灣美食、街景。不管是上班時間路邊的早餐攤、夜晚寂靜的馬路、或下雨天走在路上的狗；對我來說，那都更接近天堂的樣子。

音響中播出冰球樂團的〈能不能和我留在台北（陪我幾天）〉時，我在心中大喊：「沒問題，我現在就回去！」這樣讓我過分喜歡的台灣，超級過分。

---

1. 感謝《聯合報》和《女俠》的同意授權。其中，〈人品的價格〉、〈世界上唯一僅有的花〉、〈讓生命瞬間帥氣五百倍的方法〉、〈妖怪的黃昏〉原發表於《女俠》平台。

一

給台灣的情書

過去幾年，對世界來說不太好，疫情的長尾影響持續之外，戰爭和衝突也不斷增加、地緣政治更是讓大家整天神經緊繃。對我自己來說，這兩年來也有不少變化，我從一個台灣的作者慢慢走到國外，因為文字認識到世界上不同地方的人。

也許是在芝加哥路邊的咖啡廳、華沙週末的草地上、首爾的捷運上、胡志明的二手書店、或小樽的圖書館裡可能都有我的讀者。更重要的是，這兩年我開始寫專欄。這個在報紙上定期出現，或許沒有太多人重視的方塊，是我小小寫作世界裡很重要的一塊。因為受到滿滿的包容，可以毫無限制的書寫，反而更有機會誠實面對自己的內心，不用擔心流量或任何商業考量，只寫自己覺得重要的事。

現在回頭看，我自己覺得這應該就是我「給台灣的情書」。

我在美國公司工作了快十年，同事與客戶來自世界各地，雖然因爲工作性質得以在家上班，但我發現我常常坐在家裡想家。這種經驗很奇怪吧？我明明坐在走路就可以到三家便利商店、兩家鹹酥雞攤子、還有無數台味美食的地方，但常常想著「好想吃（台灣的）XX喔」。明明住在捷運、高鐵都很方便的地方，我卻常在家裡看著YouTube影片或旅遊文章，想著「好想去（台灣的）哪裡玩喔」。

我是被軟禁嗎？其實完全不是，我每個週末都一定會出去玩，有時候連平日也會給自己來個小旅行。但我還是好想台灣，爲什麼呢？有人說我是地縛靈（日本傳說中，因爲對某個地方有強烈情感而在死後仍然繼續留在該地的靈魂），我覺得可能是吧。

我習慣寫作的咖啡廳在國小母校附近、也時常經過國中高中母校；我知道某個街角十五年前是什麼樣子，然後用當時的店名和地標跟家人溝通。去拿包裹的時候、兵荒馬亂的早晨、在冒出燒焦味乘客紛紛下車的公車上，都會碰到小時候同學的那種地縛靈。

在夕陽下看到黃昏市場大哥大姐準備開店的樣子時、在充滿木頭香味的古蹟裡看書時、在路上被第五百次問路時、或在便利商店取貨付款時，我生活中有無數個這種小小的奇蹟時刻，每一個時刻都讓我全身充滿「這就是台灣啊，太幸福了」的感覺。

這樣的愛，或許也有點感染力。過去兩年來，雖然日幣貶值讓國外旅遊對日本人來說並不便宜，但我的日本讀者有好多都來到台灣。無論是自助或跟團，他們大多是第一次到訪台灣，「想看看 Jill 的國家」他們這樣說。

除了日本讀者之外，來自美國、泰國、越南、新加坡、保加利亞的朋友，都在疫情解封後來台灣旅行。旅行結束之後，每個人都說「台灣太好玩了，我一定會再回來」。日本讀者甚至有人回去後馬上開始約同學和同事，規劃第二次的台灣旅遊。

問他們最喜歡台灣的什麼，食物通常都是第一名，接下來就是各種風景名勝，九份、太魯閣都是他們讚不絕口的地方。日本人似乎也很喜歡台灣保留歷史的部分，還有文化的多樣性。除了這些呢？

「當然還有 Jill，我來台灣是因爲妳，我還會一直來的」。我聽到時覺得心頭一陣暖，世界上的戰爭、衝突，很多都是因爲對彼此價值觀不理解吧。如果大家都能像這樣抱著好奇心去探索不同的國家和文化，世界會不會和平一點呢？

講這個或許太遠了，畢竟我只是個沒有拿觀光局贊助的地縛靈，在這邊寫著不知道有多少人會看的文章。

希望你也能找到寫情書的對象。

二

紐約的台灣日

去美國生活之前，我從來沒想過自己要在腦中準備一份有關台灣的常見問題（FAQ），像是「不是喔，我們不是泰國、酸酸辣辣那種食物也不是我們主食」、「我們在中國的東南方、日本南方、菲律賓北方的海上，人口（當時）有二千一百萬人」。

我到美國的第一個地方是明尼蘇達州（Minnesota），那是中西部北邊、靠近加拿大的冰天雪地，一年中大概有六個月都被白色的雪封住。大部分是白人，很多人沒有出過國，我的黃皮膚、外國腔調、還有我稱爲家鄉的遙遠東方，對許多同學來說都是人生第一次碰到。但他們非常友善，總是耐心的聽我講完台灣簡介，然後看到任何有 TAIWAN 字樣的東西都會興奮的說「JC，這是妳國家來的東西！」印著MADE IN TAIWAN的紙箱，也被一起實習的同學保存在角落，因爲他們覺得可以一解我思鄉之情。雖然不知道這種用紙箱懷念家鄉的基準在哪裡，不過這群人算是知道台灣了。

時間快轉十年，我有機會到美國巡迴演講一個月，當時是到亞利桑那州（Arizona）。跟明尼蘇達完全不同的是，這是一個又乾又熱的沙漠，不下雪就算了，我們在當地一直會被提醒「快喝水，這邊你的汗流出來就被蒸發了，所以你不會覺得有流汗，很容易脫水」。在那邊結識的朋友，隔了兩三年後突然傳訊息給我：「我女兒得到一個交換學生的機會，要去妳那邊耶，到時候可以問妳問題嗎？」我高興的回答：「當然啊，哪所高中啊？」結果一查，發現那所學校在曼谷……好喔，「其實那是另一個國家，不過從台灣只要搭四小時飛機就可以了，有什麼事情我還是可以幫忙。」我試圖找個讓對方好下台階的方法。

後來我發現，個人的力量實在太有限了，我搞不好花一輩子解釋都沒有用。但神奇的事發生了，曾雅妮成爲世界球后的時候、王建民一年拿十九勝的時候，我就什麼都不用解釋了呢！「運動場果然是解釋國家最好的地方！」我得出了這樣的結論。

顯然，有人也發現這件事了，更猛的是，那個人竟然直接進入紐約的職業棒球隊做這件事。每年紐約大都會隊都會舉辦的「台灣日（Taiwan Day）」，經過十八年，現在已經是整個大聯盟最強的主題日。除了台味十足的一切，開球嘉賓也是焦點：李安、魏德聖、彭政閔，二〇二三年是棒球迷都一定認識的球評「曾公」曾文誠。

記得得知曾公將受邀開球時，我第一個想法是「X，這手太傑出了，我就看主辦單位明年要找誰來超越他！」曾公不只是殿堂級的球評、看著中華職棒長大的媒體人、國際賽時球迷最想聽到的聲音，他也自己辦運動媒體、投身台灣棒球文史工作，這幾年主持的《台北市立棒球場》，更是台灣第一個募資破百萬的運動類 Podcast。

二〇二二年幫台灣日開球、傳奇球星「台灣隊長」彭政閔，小時候還被曾公抱過！即使自己的趴數已經這麼高了，曾公從來不會吝惜自己的影響力。年輕的棒球插畫家、跑運動新聞的記者主播、或是已經是知名的球星，對他來說，只要有他可以幫上忙的地方，他總是會溫和的給些建議。電影 KANO 裡面說棒球是土地的運動，曾公就這樣帶著他長大的這塊土地，跨過太平洋去介紹給世界看了。

如果是血氣方剛的少年，一定會說用手指著對方大吼：「去給他們好看！讓他們知道台灣在哪裡！」但曾公一定不會，「很榮幸啊。去開球的地方應該是紐約大都會隊，不是三重大都會球場吧！」他開玩笑的說。台灣人有這麼台灣的時刻、這麼台灣的代表，榮幸的是我們吧。

三

微不足道
但很重要的事

記得看過某個研究，說內向者比較擅長長期記憶，並且容易由其他事情誘發。譬如看到牛奶，想到牛奶打翻潑到鞋子，進而想起幼稚園上學第一天的事情。我就常常因爲這樣進入回憶漩渦。直到現在，每次刷球鞋的時候，我還是會想起那個教我洗鞋子的高中生。

那時我剛回台灣，因爲工作關係，很多時間會在棒球場上，鞋子常被紅土弄的很髒。其實在國外也常在球場工作，但因爲是人工草皮的室內球場，鞋子通常都蠻乾淨的。剛回台灣的那段期間，是我第一次體會到紅土有多難洗。當時身邊沒有人可以問、網路上找不到資訊、也還沒有 YouTuber 這種行業，無計可施的我，決定碰碰運氣，來問當時的客戶。

我的客戶是位高中棒球選手，個性鮮明，

是那種事情看不慣就會直接衝上去的人。話說回來，血氣方剛的高中男生應該都是這樣吧（笑）。我小心翼翼、戒愼恐懼的開口，怕他用白眼回應，或丟下一句「北七喔這都不會」後轉頭就走，留下玻璃心碎一地的我。但他沒有，沒有說我很遜、沒有笑我連這都不會，而是帥氣俐落的教我幾個步驟，眞的就只有幾個步驟而已。但就是這幾個步驟，從此以後我的鞋子好洗很多。

有個朋友說自己最怕的事情是失智，因爲怕忘記愛的家人。在長照產業待過一段時間之後，我有時覺得失智患者是相對幸福的，辛苦的是照顧者。但球鞋刷到一半的時候，我突然覺得這種單純的、微小的記憶好重要。甚至，我之所以成爲我，就是因爲這些微不足道的事情，而我一點都不想忘記。誰在哪次旅程中說了什麼笑話、誰在哪個場合把氣氛搞得很尷尬、誰小時候在哪裡做了什麼事害大家被打，這些記憶就像某個週日早晨吹拂的微風、或連日陰雨後灑落的陽光，你有幸體會到的話會很棒，但沒有就沒有了。

沒錯，越小的事情，世界上越沒有人會特別記得，所以，我不記得就沒有了。

我害怕忘記自己走過的人生。我怕忘記好不容易學會一件事情的喜悅、怕忘記某個聊到好開心但其實也沒有什麼記憶點的週五夜晚、怕忘記孩子遠遠朝著我跑過來的笑臉。跟一些已經爲人父母的朋友聊天時，發現他們對孩子也是同樣的心情。

有些父母在孩子很小的時候就帶著他們到處遊覽、有些父母處心積慮慶祝每個第一次。我們笑著問「做這些幹嘛，小孩那麼小又不會記得」的時候，他們總是從眼底漾出笑意的回答，「但我們會記得啊」。這些事情，只要在父母心中留下甜美的回憶，可以咀嚼個幾十年，想想就超級值得了。

回到洗球鞋這件事，我很確定那位球員不會記得他曾經教過我洗球鞋，畢竟這一點也不重要。即使微不足道，我還是這段記憶唯一的守護者，全球唯一。我想這樣好好保護這樣的回憶，直到腦容量耗盡；我想要在很老很老的時候還能回想「教我洗球鞋的那個人，是當時台灣最好的棒球選手之一，到很久以後都還是」。

話說回來，球鞋要洗乾淨的關鍵，在於先把球鞋泡在肥皀水裡一個晚上，第二天再刷。

現在你也跟我一起擁有這段記憶了，不客氣。

（攝影 / 郭嚴文）

四

露の世は
露の世ながら
さりながら．

「我知這世界，本如露水般短暫。然而，然而啊……」

這是日本著名俳句詩人小林一茶的作品，把「世界」換成「ＷＢＣ」（World Baseball Classics，世界棒球經典賽[2]），大概就是台灣球迷二〇二三年三月的心情。因爲棒球，我們看往同個方向、全國調成一樣的生理時鐘，在同樣的時間吶喊、然後在同一天心碎。我聽說有小朋友在直播派對上貼的國旗紋身貼紙，比

2. 世界棒球經典賽（World Baseball Classics）是由美國職棒大聯盟和世界棒壘球聯盟共同策劃的國際棒球大賽，是世界層級最高的國際棒球比賽之一。

賽結束後一個禮拜還小心翼翼地保護著，最後是在家長強烈要求下才勉強洗掉，像是捨不得這一切結束一樣。

「幾天前我還一直覺得台灣會晉級，太不甘心了」、「台灣的棒球迷好熱情，能來東京多好」、「我真的真的很難過，你們那組競爭太激烈了」。出局那一天，各國的慰問不斷湧入我的社群媒體，還有本身看慣啦啦隊女孩的韓國讀者，非常驚訝台灣直接把啦啦隊帶進國際賽事。我都不好意思說，在台灣，其實啦啦隊女孩名單比球員名單還早公布。

話說回來，就算集滿一千個安慰也換不到晉級，棒球場上本來就有輸有贏，就像知名球評說的：棒球看多了，輸贏就會看淡了。但聽說最後一天，國家隊從大球星到小工讀生都哭成一團，有些事情恐怕不是這麼容易看淡。

不論看球資歷，有件事倒是對大家來說都不太尋常。那是台灣取得第一場勝利之後，觀眾台上的群眾激動大喊。第一時間我在電視機前聽不太清楚，主播說明之後，才知道原來大家喊的是「Team Taiwan」。Team Taiwan？這是棒球場上陌生的詞彙。

一直以來，關鍵得分之後，球迷們會唱戰歌、會大聲鼓譟、會喊XXX我愛你。

我向記憶深處探尋，也問了資深球評主播，發現這對大家來說都是新鮮事。原來那是我們第一次在棒球場上叫出自己球隊的名字啊；不管在各種層面，這一刻都顯得意義重大。

而這種熱力不止散佈在球迷之間，連從業人員也被深深感染。

賽事英文主播 Tyler Maun 來台灣轉播A組賽事，在五天裡連續播了十場比賽，其實是極大的體力負擔。但他在接受棒球 Podcast《Hito 大聯盟》專訪時說：「全部（國外）工作人員都是，沒有一個人覺得想趕快結束回飯店。即使是最後一場比賽，即使球隊在九局1：7落後，台灣球迷還是一樣投入，那種能量和激情實在太不可思議了。這是夢寐以求的場面，我永遠不會忘記。」離開台灣後，他還是不斷回想這一切，尤其是張育成擊出滿貫全壘打那刻的台中洲際球場。

「做夢也沒想到自己會成爲台灣國家記憶的一部分，這是我人生中最高潮的片段之一。我從來沒有在氣氛這麼好的地方播過球，也不知道人生中還會不會再看到這麼血脈賁張的場面。美國疾病控制與預防中心說處在一〇五至一一〇分貝的環境中五分鐘就有聽力喪失的風險。當時，洲際球場是一一八分貝。」

「這個禮拜，我一輩子的夢想成眞了。最棒的人們、最棒的分組、最棒的工作人員、最棒的一週。謝謝台灣！」

雖然沒有晉級，但那幾天留下的感動或許會被記得十年，甚至更久。

啦啦隊女孩是國家隊、情蒐是國家隊，數據分析、運動科學、在現場吶喊、在電視機前碎念、在開賽前一下吃義大利麵一下吃荷蘭煎餅的我們，都是Team Taiwan。

下次，我們球場見吧！

五

在獨立書店裡追星

疫情之下很多產業受到影響，獨立書店是比較不為人知的一小塊。在這個通路為王的時代，獨立書店算是相對辛苦的一群：他們通常沒有漂亮的折扣、店面沒辦法太寬廣豪氣、進貨量以及議價能力當然也不能比。他們有的，只有自己的風格，譬如和社區的連結、特殊專精的選書、獨特的氛圍風格，或是老闆的個人魅力。

有次一位獨立書店的老闆提到有弟弟想買熱門影集的劇本書，但年紀太小沒有信用卡、也沒辦法轉帳，只好作罷。我一聽到馬上舉手說：「阿姨送！」貼心的書店老闆馬上找到弟弟，跟他說錢不用擔心，還問他：「為什麼想買這本書啊，是以後想當消防員嗎？」弟弟回答：「喜歡劇中的劉冠廷。」老闆立馬寄書之外，還細心用捲筒包好、送了一張海報給他。

「青少年就是愛追星嘛，講那麼高尚。」你可能會這麼想，但我覺得追星或許是青春中很重要的學習。

我在跟弟弟差不多年紀的時候，開始喜歡一位日本女歌手，看著她結婚、生子、離婚、在排行榜上浮浮沈沈，後來改變風格之後重新造成旋風。她辦退休演唱會的時候，我已經三十幾歲、在跨國團隊中當主管了。用盡千方百計買到門票的我，一點都不覺得這是在追星；有多少遭遇困難的時刻，就是這樣邊哭邊聽著她的歌之後，決定再試最後一次。或許青春期的偶像不是每個都有辦法陪我們進入微中年，但我深深相信偶像們的背影，或多或少決定了我們面對人生的樣子。

身為在國際非營利組織工作者，我常常看的是 multiplier（乘數）：一件事情做下去，是做完就結束了，還是會產生什麼漣漪效益。這本書加海報加運費的價錢，大概跟一頓美式餐廳的早午餐價錢差不多。那時在疫情之下反正也沒辦法吃早午餐了，飯錢拿來買書，可以支持辛苦的出版業和獨立書店、也幫弟弟離偶像近一點點，對我來說效益很高啊！

後來知道弟弟正在念護校，當時應該是很徬徨的時刻吧。看著自己的學長姐前仆後繼地往第一線衝，冒著高度風險跟世紀病毒搏鬥，這就是他那刻的未來；如果我是他，我會很焦慮。那張海報，如果貼在房間裡，希望可以給他一點勇氣。

可以的話，多到獨立書店逛逛吧，體會一下同時感到冒險和安心是什麼感覺。

六

幸福的房子裡會有兩種聲音

「自從生小孩之後，我一直在道歉。」推特上看到一個日本媽媽這樣說。

「對不起我的孩子太吵了、對不起嬰兒推車很佔空間、對不起打擾到大家了……」我看了好心疼。帶著嫩嬰生活或許是許多人人生中最不方便的階段之一，如果周遭的社會投以嚴苛的眼光，應該會更辛苦。

我的作家朋友，本身也是媽媽的近藤弥生子說她有次跟朋友在台灣約了吃早餐，結果孩子哭鬧不已，不能跟朋友聊天就算了，她連吃早餐的手都空不出來。這時，某永和豆漿阿姨走過來帥氣的說：「小孩我抱，媽媽妳趕快吃。」看著早餐店阿姨熟練的安撫嬰兒，她和日本友人驚訝到說不出話。回去跟其他日本媽媽分享時，大家不約而同地問：「那家早餐店在哪裡，我下次也要去。」結果近藤小姐又讓大家大吃一驚：「台灣大部分餐廳都可以帶小孩唷，我還碰過好多次幫忙顧小孩的店員。」

這段故事在推特上引起日本讀者熱烈迴響，像是：「在台灣坐公車或捷運不一定要收推車嗎？」、「帶小孩可以去速食餐廳和家庭餐廳以外的地方嗎？」、「沒有全職工作的媽媽也可以托嬰嗎？」老實說，這樣迴響的讓我有點緊張，世界上不知道有多少媽媽正在孤獨的奮鬥。

有一次我在美國的大學演講，活動安排在週末，一般民衆只要付費就可以參加，所以觀衆各個年齡層都有。印象很深刻的是聽衆中有一對年輕夫妻，抱著不到周歲的嬰兒來聽演講。兩個小時的演講中，嬰兒時不時會哭鬧（很正常吧），我在台上用餘光看到爸爸媽媽輪流餵奶、安撫，或帶他出去散散步再回來。直到演講結束，全場沒有人抗議，連一絲不悅的神情都沒有。散場後，我特別去跟那對年輕爸媽聊天，他們說因爲兩個人都很想來聽演講、又沒有其他人可以顧小孩，就決定把孩子帶來了。

「你們都不會擔心孩子大鬧耶。」我實在佩服他們的勇氣，但他們說：「眞的大哭的話，其中一個人把他抱出去就好，另外一個人還能聽。」比起父母的勇氣，我更佩服的是全場其他幾百個聽衆。他們一樣付錢入場，有理由要求暫停演講、或請孩子離場以維護演講品質，大家卻都溫柔的包容這個小客人。

那台灣呢？有次我帶著國小低年級的孩子參加某個基金會的紀錄片發表會，三小時的活動對孩子來說就是連續上三堂課沒有下課，怎麼可能坐得住。更何況那天許多官員到場，應該撐不過致詞就會喊無聊了。更慘的是他還全程戴著超顯眼的兔子頭套不肯脫下，我們就算默默落跑也很明顯。但因爲是孩子自己提議要去的，我們還是去了，找了個離門口最近的角落坐下。沒想到，孩子那天不僅坐滿三小時，而且完全沒有無聊的感覺，因爲從致詞的行政院長到門口接待的工作人員，每個人都笑容滿面的鼓勵他。

「好棒喔，這麼小就對歷史有興趣。」

「你戴的帽子好可愛，阿姨也喜歡兔子，我多送你一張貼紙好不好。」

那天他像去遊樂場一樣開心，即使他只是坐在一群大人中間，聽他聽不懂的致詞、看他一知半解的影片。原來，孩子都感受得到。

我阿嬤說：「一間幸福的房子裡，會有孩子的哭聲和老人的笑聲。」我想，擴大到整個社會也是吧。謝謝溫柔包容不同需求的你。

七

面帶微笑地走上苦路

「我想請假一個禮拜可以嗎？」剛解封時菲律賓的助理這樣問我。

「沒問題啊，要去哪裡度假嗎？」請這麼長的假通常是要去旅行吧，我心裡想，首都馬尼拉經歷了全世界最長的封城，她的孩子肯定悶壞了。

「不是度假，我們是要去跑教堂朝聖。」助理回答。

朝聖喔，好喔，我看了一下日曆，還剛好是大甲媽遶境的那個禮拜，莫非他們也在馬尼拉遶境!?助理是虔誠的天主教徒，我禁不住好奇，問：「是要做什麼，會不會很累啊？」沒想到她眉開眼笑地回答：「才不會，超好玩的！」

原來這是菲律賓天主教徒的年度受難週活

動，叫做 Visita Iglesia，英文叫 Way of the Cross，中文譯名叫「苦路」。他們一家人計畫在一天之內跑完十四座教堂。我對天主教不太熟悉，但在受難週走苦路，聽起來一點都不好玩。

爲什麼要十四座教堂、要在哪一天跑完、去教堂之後要幹嘛……我心裡充滿問號。助理充滿耐心的解釋說，這是十六世紀以來的習俗，以前是要背著十字架用走的，現在大家都開車，上班族沒時間的話也可以只跑七座教堂。

「我們會看部落客推薦的路線，全家一起去欣賞古蹟、吃當地美食、買土產，順便祈福。」等一下，重點劃錯了吧你們，這樣也叫朝聖喔？她說因爲人太多，進到教堂沒辦法安靜地祈禱、加上要趕路，所以每個教堂到最後都是五分鐘快進快出。原來是大地遊戲闖關啊，這樣說我就懂了。

「那段時間我們台灣也有媽祖遶境，這可是世界三大宗教活動之一呢！」我興致勃勃地介紹，但她聽到要走九天八夜總共三百四十公里都快崩潰了；「去走的話，一整年都會好運喔」短時間內很難跟她解釋在宮廟過夜、鑽轎底、搶轎這種技術細節，也不好說媽祖娘娘畢竟是神，女生大概要用小跑步才跟得上，「而且沿路都有吃的」。她聽到瞬間眼睛亮了起來，我想她懂了。

「天主教也有類似這種路線，美國有一條從亞利桑納州的Nogales往南走到墨西哥的Magdelena，一百公里。」我的知識實在極度有限，只能在大腦資料庫裡面勉強找到一個類比。這條跨越美墨邊境的朝聖路線紀念十七世紀的義大利傳教士／地理學家／探險家Eusebio Francisco Kino（基諾神父），他是早期開墾這個地區，並促進和原住民與西班牙人的功臣。不同於媽祖遶境，這條在沙漠裡的朝聖道路沿途雖然人不少，但強調的是孤獨，在幾乎是全上坡的一百公里中自省、沉澱、堅定信仰；沒有太多外界幫忙、沒有封路、少有補給。

Brandon Flowers（殺手樂團主唱）徒步走過後，寫了〈Magdelena〉，描述這孤獨又富足、卑微又飽滿、漫長又堅定的一路。這首歌發行後大受歡迎，空降英國排行榜第一名、美國排行榜第八名，在兩國的榜上都停留了很久。

我想現代人都一樣吧，對我們來說，跟神明狂走三百多公里、在一天內誠心跑十四座教堂祈禱，或在沙漠裡走十八個小時，都需要很大的決心；如果從輕鬆一點的吃吃喝喝或流行歌版本開始，或許門檻就沒那麼高了。宗教一直都是許多不同意見、甚至戰爭的來源之一，但想想，彼此也沒有這麼不同，無論遶境或是徒步朝聖，都是爲了自身和世界安好呀。

「咦，跑教堂只要一天，那妳其他四天要做什麼？」我突然想起來助理是要請一週的假，「休息啊」助理笑著說。當然，吃美食、買土產和祈福都很耗體力，這樣的安排我完全贊成！

八

買一張回家的票

外國友人來台灣的時候，我總是絞盡腦汁想要帶他們去哪裡參觀、吃什麼、玩什麼，才能有些不同於一般觀光客的體驗。在對對方了解有限的情況下，通常大稻埕和中正紀念堂是安全的選擇。大稻埕有充滿台灣特色、古色古香的建築，俯拾即是的歷史、美食、還有紀念品，可以讓外國友人體會一下台灣味。中正紀念堂則是有別處少見的衛兵交接、升降旗典禮，還可以看看國家戲劇院和音樂廳的建築、參加週末廣場上的活動。這兩者相加，多半可以滿足不同國家、不同年紀人的需求。

有次接待美國的二十幾歲大男生，當時在中正紀念堂一樓的展覽廳，一半是介紹蔣中正總統的事蹟，包括用車、衣服、文件等；另一半是介紹台灣言論自由之路的展覽，展示台灣走向民主之路經歷的大小事件。本來以為這種嚴肅的展覽，年輕人應該沒有太大的興趣，沒想到他兩邊都仔細地看完，走出來之後，意味深長地說「這兩個展覽擺在一起眞是有趣」。這個反應出乎我意料，他說「我從來不知道台灣經歷了這麼一段歷史」。

另一個晴朗的暖冬下午，我帶日本朋友到大稻埕。他是新創企業家，年紀輕輕竟然已經在美國名校當過客座教授。在古樸的餐廳裡喝茶時，他說到自己大學時主修政治學。「蛤，為什麼要念政治？」我問，想了解念政治的是什麼人。「我想要停止戰爭。妳呢，為什麼念社會學？」他反問。我停了一秒之後說，「為了停止戰爭」。在這之前，我們只因為工作有過短暫的一面之緣；但那一刻，某種隱形的夥伴關係儼然成形，幾乎像是「左腳反復、右腳清明」那麼隱晦、卻又莫名強烈。我們聊到加薩地區的戰爭，我忍不住抱怨不管怎麼做都不對，我明明在國際非營利組織工作，卻連人道救援都很困難，我不喜歡這個世界什麼都要用政治來做決定。

幾天後，他傳給我一個影片連結，影片中有人專訪巴勒斯坦前司法部長，是三十年前促成和平談判的要角，他們深入討論三十年後的現在，要怎麼解決當前的戰事。訪問者還特別問到戰爭期間人道救援怎麼做、還有其他國家可以怎麼幫忙。正當想著這些提問得太精準又深得我心時，定睛一看，訪問者竟然就是那位朋友！他不知道花了多少力氣才去找到巴勒斯坦前司法部長，讓他在轟炸攻擊之間的空檔接受訪問。影片受到矚目，也在對國際事務相對冷漠的日本年輕人之間激起漣漪。「妳不喜歡政治就不碰政治是對的。」他對我說：「妳有妳可以做的事。」

說實在，我不知道我可以做什麼。「爲自己發聲啊，選舉期間去投票吧，讓其他國家聽到台灣的聲音。」他笑笑的說。泰勒絲也這樣說呢，去投票吧！「他們不會改變的，我們只能自己來」，在歌曲 Only The Young 裡面，她是這樣鼓勵對政治感到無能爲力的千禧世代。選舉期間趕回家鄉的花費、搶票和返鄉花的時間和心力、那些感覺太多算計的事情，都讓人倒抽一口氣。但現在不做的話，以後連嗆聲「又不是我選的，我是投給其他候選人」的資格都沒有了呢。

我喜歡外國朋友講到台灣時那種開心的笑容，我希望讓他們看到台灣人爲這塊土地付出的樣子。

我想要用我的力氣，做自己的決定、描繪對未來的期待。

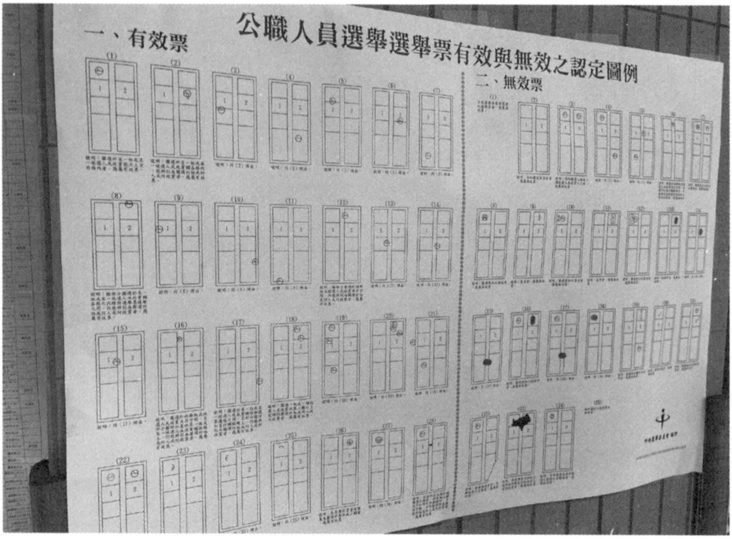
公職人員選舉選舉票有效與無效之認定圖例
一、有效票
二、無效票

九

運動家

那次見識到的運動家精神，發生在我眼前兩公尺處，而領銜示範的，是一群小學生。

那是個炙熱的盛夏，我在美國某處的高爾夫訓練營。說訓練營好像有點超過了，其實就是夏令營。總教練和教練之外，助教是高中高爾夫選手，而參加者是年齡、程度不一的國小生，每天三小時學著接觸、熟悉這個運動。我之所以會在那邊，是因爲認識總教練。

雖說是夏令營，其實一點也不輕鬆。那裡晚上八點太陽才下山，高溫加大太陽，我光站在旁邊看就覺得快中暑了。而那些曬得全身黝黑的小朋友們，在艷陽下不間斷的揮桿、短切、推桿練習。我跟朋友開玩笑說：「這是在訓練海龍蛙兵嗎？」每天課程最後、大家累了的時候，則開始舉辦分組對抗賽，程度相近的小朋友捉對廝殺。輸了沒有懲罰、贏了也沒有獎品。喔，不過贏的人可以到陰影下休息。

讓我驚訝的是比賽過程，雖然大家都又熱又累；但從頭到尾，所有人都充滿活力的為正在比賽的選手加油。不是只有自己隊的，連對手他們也一樣大聲鼓勵。「相信自己」、「加油，你一定可以！」的聲音此起彼落；就算表現不太好，打完背後也一定會響起一陣「沒關係沒關係」、「很棒」的鼓勵聲。有些小朋友，甚至會跟打敗自己的人擊掌，滿臉笑容的說「打得好」。

不難看出對某些孩子來說，在體力幾乎耗盡的狀態下還要比賽，壓力不小。「我要故意打輸」有個孩子小小聲的拖長音說；偏偏被教練聽到了，馬上被罰了五十個開合跳，「這裡沒有放棄的人」教練平靜地說。下一秒，孩子乖乖放下球桿，開始做開合跳，沒有偷懶，整整五十個。

那個下午，改變了我對運動家精神的看法。以前的認知總是課本裡寫的「勝不驕、敗不餒」那種。我沒想到被這群孩子和教練提醒了，眞正的運動家精神，或許是對自己精神和技術上的要求，而且在勝負之外，同時也和對手、隊友一起享受比賽。用那些自己咬緊牙根、一點一滴累積起來的能力，在賽場上化爲溫暖的洋流，擁抱每個一起競技的靈魂。

世界杯女足四強落敗的日本隊、威廉波特少棒賽拿不到冠軍而哭泣的台灣隊員，賽後身邊都有來自對手瑞典和美國溫柔鼓勵的身影。

高爾夫夏令營進行的同時，正值日本夏季甲子園期間。那是日本高中棒球的最高殿堂，是背負著眾人期待、輸一場球就要被淘汰的殘酷比賽。每次看著那些理應血氣方剛的高中男生，輸球時哭著挖土回去紀念的樣子，總讓人覺得心疼。萬眾矚目的冠軍賽，當時的黃牛票聽說漲到原價的十六倍，賽後我看到敗隊教練稱讚勝隊選手，兩隊的主將互相擁抱、交談，我彷彿聽到他們在說：「你打得很棒，能在甲子園相遇真是太好了，下次再一起打棒球吧。」

O-GRILL O-GRILL O-GRILL O-GRILL O-GRILL
uMeal
O-GRILL
SOMERSBY

十

會行走的生物武器

「$E = mc^2$ 是什麼意思?」小朋友指著書中的一頁問我。

「用手機查一下就知道了，不怕不怕。」文科的我小聲安慰自己，一邊懊惱當初不應該因爲特價就買這本書來送他，根本是貪小便宜的現世報；一邊又暗暗責怪出版社，明明是幼兒書，爲什麼要寫這麼難解釋的東西。

維基百科上說「$E = mc^2$（即質能守恆，亦稱爲質能轉換公式、質能方程）是一種闡述能量（E）與質量（m）間相互關係的理論物理學公式，公式中的 c 是物理學中代表光速的常數」。不是啊，說好了要講地球話的，這是什麼啊，爲什麼有光速!?眼前的小朋友熱切地等待答案，我只好承認「對不起，阿姨不太懂。不過沒關係，我在臉書上問問看有沒有人會」。

想也知道，這種文發出去之後肯定一片死寂，我忘了寫：「急，在線等！」倒是小朋友在旁邊每五分鐘就問一次：「有人回答嗎？」我的希望越來越渺茫，剎時覺得不只是書到用時方恨少，是連陰德值都遠遠不足。

等的同時，他又繼續問：「你說這個公式是一九〇五年發明的，那蔣渭水知道嗎、他們醫學院有教嗎、台灣總督府有科學院嗎、沒有網路的話新知識從國外傳到台灣要多久？」這個小朋友到底是哪個次元派來的魔鬼終結者，根本是要來毀滅地球消滅人類的。我扶著快爆炸的頭，一邊搜尋資料想拖延時間，一邊在想現在放卡通轉移注意力不知道來不來得及。

「台灣總督府有相關研究機構喔！」臉書跳出通知，竟然有人回了，還附上日治時代中央研究所的參考連結，我趕快順著線索搜尋。過了一陣子，臉書又跳出通知，有朋友回：「剛好進入我的守備範圍。$E = mc^2$ 是狹義相對論的重要結論之一，一句話說明：就是物質的靜止質量是一種能量的形式。」

天啊！這些朋友根本是汪洋中的救生船，雖然我也不完全懂，但靠著他們的專業指引和十幾年行銷溝通術訓練，總算得以在一片驚濤駭浪中，勉強矇混過關，算是半身，不，五分之一身而退。

第二天，想說好久沒有跟這位科學家朋友聯絡了，不知道他最近在做什麼。上網一查，原來他在大學教書，網頁上寫他的研究興趣是「無序超導薄膜的量子相變」和「Fluxonium 超導量子位元及其應用」。

等……等一下，超導什麼？相變是什麼？雖然是中文，但整個句子中每個詞組都像古希伯來文。過一陣子，另一位朋友補充了新的資料「一九二八年帝國大學設立物理學講座，由荒勝文策教授主持，荒勝教授曾與大名鼎鼎的愛因斯坦進行交流」。咦，所以愛因斯坦的理論眞的有可能透過這種方法傳來日治時期的台灣，甚至蔣渭水眞的有可能知道！？算了算了，我只要吃飽睡好就滿足了，這種高端研究就交給高端人士們進行吧……。

正當這樣想的時候，小朋友的臉又冷不防出現在我視線內，「你朋友說一九〇五年是愛因斯坦論文爆發的一年，他還發表了布朗運動和光電效應的理論解釋，什麼是布朗運動？什麼是光電效應？」

我瞬間全身發抖，台灣的下一代眞的太讓人感到害怕了，有這種會走路的生化武器我們還擔心什麼。

經過這可歌可泣的一役，我決定以後接到電話民調都會好好回答、人家問「棒球打出去為什麼不往左跑」會耐心解釋、看到蝸牛在路中間會把牠移開，畢竟學海無涯，積陰德是岸。

獻給所有奮力對抗魔鬼終結者的成人們，我們共勉之。

十一

試成美麗的街景

我喜歡美好的事物，捷運上戴著耳機的女生、某個路人走過斑馬線的樣子，都會讓我駐足。倒不一定是長相或身材的關係，我喜歡他們散發出那種恬靜美好的氣場。但我不是那樣的風景，我既不美好也不漂亮。我的賣點是不起眼，會像忍者一樣默默的存在，用一種最不打擾世界的姿態。我從小到大都駝著背、喜歡穿全身黑，只想把自己藏在背景中。

偏偏在這個時代裡，好像大家都必須強調自我，無論那個「自我」想不想。商業合作最明顯，我跟品牌合作時，總被期待要有很多照片、甚至影片來增加觸及和點擊，但我總是用盡力氣爲自己爭取多一點隱身的機會，像是對臉部保養品品牌說「可以不要露臉嗎」、或對貼身衣物品牌說「可以不要用我的照片嗎」。

聽起來實在很傲嬌，但其實是我覺得露出自己的長相不僅不自在、對人家更一點幫助也沒有。在公開場域是這樣，私底下也是。就算只是去巷口買個東西、就算是熱得要死的夏天，我也務求把皮膚接觸外界的面積降到最低，我在外面幾乎沒穿過短褲、也很少無袖的衣服。可能某部分是害怕破壞市容吧，露出太多的我，只怕會破壞喜歡城市的街景。

這樣的容貌焦慮，在某次服裝品牌邀約時達到最高峰，「謝謝邀請，不過我只想穿著像石內卜。」我跟品牌創辦人坦承。「我馬上去查這個品牌了，根本像是為妳設計的，」好朋友這樣鼓勵我。「我不行啦，任何牽涉到長相身材的我都不行」我忍不住說，「不用擔心，瘦，妳很瘦」他說，這個人永遠知道我在擔心什麼。他都這樣說了，我只好硬著頭皮跨出舒適圈，但一開始我甚至不敢去試衣服，只敢用 **Email** 提供我平常穿的尺寸，請對方把衣服寄給我。後來因為必須搭配風格，他們請我到門市。

天知道我有多久沒有推門進去任何一家服飾店了，我的極限大概就是到那種佔地很大的店家，店員忙著一邊整理衣服、一邊對空氣說「歡迎光臨」那種，最好不要有人發現我。沒想到那次試穿的體驗讓我看到服飾的另一種樣貌與力量。

服飾店位在結合五金行與文青店的台北赤峰街，各國觀光客很多。我拉起門簾試穿衣服時，一直聽到外面有個爽朗的聲音，用不是本地人的口音說著「哇〜這件衣服太棒了，好舒服」、「哎呀我喜歡這個設計，把肚子都遮住了」。出來時發現是一位大姊，身材絕對不是一般人定義中的標準，但她打扮非常有自己的風格、有個性又不怪異，在路上碰到我一定會微笑的多看幾眼那種。

言談中知道她來自香港，已經自己來台北好幾次了，每次都來個四五天，沒有一般觀光客的行程，就是來吃吃東西、逛逛街、喝個咖啡，享受台北的步調。那天是她剛好經過那家服飾店，就推門進來試穿了。相對於在服飾店裡手足無措、畏畏縮縮的我，她一進門就存在感極強，散發出「哈囉我來了」的感覺，卻一點也不讓人討厭或覺得壓迫。以她的身材，照理說應該比較難買到適合的尺寸，她卻在短短的時間內試了好幾套。然後幾乎每件衣服到她身上，都變成她的樣子，好像原本就應該在她衣櫃裡，或她自己就是設計師一樣。當然也有不適合的衣服，她也俐落明確的說「這件不要」。我一面覺得帥氣極了，一面在心裡驚嘆「她活得好像自己」。

店員介紹衣服的設計細節時，她也非常大方且大聲的給予超多讚美。在我身旁的品牌創辦人覺得自己用心設計的產品被看到、被喜歡，也非常開心，我甚至覺得她感動到快哭出來了。臨走之際，大姊說「碰到妳們太棒了，台北又多了一個固定要來的地方」，然後拿著戰利品，推出門走進陽光燦爛的街景中。

留在服飾店裡的我，站在原地無法回神。那麼自信、自在的靈魂，對我來講像是看到鳳凰停在面前一樣，一瞬間就足以造成雷擊般的影響。話說回來，一直以來只穿黑、白、灰、藍的我，那天在服飾店也挑了粉綠色的長褲。每次都試一點不同的，慢慢找到自己適合的，或許有天，我也會是美麗街景的一部分。

〔迪化街〕

日本媒體朋友問我：「迪化街會永遠像這樣嗎？還是以後會被拆掉蓋新式建築？」

我笑著說：「這已經是整修過的樣子了。」

他如釋重負的說：「還好還好，這樣最棒了，日本都會區這種地方都被拆的差不多了！」

我喜歡舊舊的老街，都長得差不多也沒關係，先留下來就好。

「神明走過的街道」

跟美國來台灣定居的朋友聊天，講到他想像中差最多的事情，他說：「沒想到台灣的宗教活動這麼多！」

我們應該太習以為常了，畢竟有時去買個東西或吃個晚餐，神明就從旁邊經過。我住的地方附近有宮廟，常會有廟裡的人練習，在狹窄的小巷裡常跟神明擦身而過時，有時候還會聽到巨大的神明內部輕輕的「不好意思」。原來，我們住在眾神的土地上。（圖為華西街夜市）

「北港朝天宮」

連續好幾年，我的過年都是在各地進香。講進香也不太對，畢竟我只是去打聲招呼，但我喜歡百年老廟周邊的感覺。無論是古老的巷弄、各式店家、其他地方不好買的名產、熱鬧的活動，都像極了孩子，在媽媽周邊活蹦亂跳的熱鬧著。

這些廟一百多年來都是大家生活的重心，以後媽祖娘娘也會溫柔的保守大家吧。廟裡總會看到「風調雨順、國泰民安」，這些從來都不容易、以後或許會更加艱辛。但盡力善良、盡力努力的我們，一定可以的吧。

〔百年嘉義〕

到嘉義演講，結束後突然下起磅礴大雨。意志堅定的叫了計程車，只為了在高鐵時間前造訪已經超過百年的嘉義公園。兩腳濕透的走進充滿昭和風情的喫茶店避雨時，苦笑著問店員：「這幾天都這樣嗎？」可愛的店員親切地說：「沒有喔，只有今天。」

為了證明下大雨不是我的問題，又特地跟家人再訪。這次嘉義公園給我們最棒的樣子，謝謝陳澄波的嘉義。

十二

終點前的回眸

我沒想過要退休，不知道在哪裡看到一句話：「工作是成人玩樂和交朋友的方式」，我好像就是這樣。工作可以幫我實現自我、交到志同道合的朋友、還會有錢；雖然還是會碰到讓人沮喪的時刻，但大體來說我喜歡工作，也沒想過退休這件事。（對，你講到重點了，我也還沒財富自由。）

偶像鈴木一朗、安室奈美惠、Joe Mauer 退休的時候，我都很難過，不過那是從迷妹角度的難過。直到二〇二四年看到棒球選手高國慶、潘威倫、周思齊退休，我才驚覺「這些算跟我同梯的人耶，他們都錢存夠了、影響力和成就都累積夠了，可以下課了。」

這些球員、還有資深裁判蘇建文的引退儀式上，錄影片或前來現場恭喜的，很多都是很久以前就認識彼此的人。但畢竟職業棒球是比較特別的環境，一般同事不會彼此陪伴（或互相糾纏）三十幾年，上班族每次說「因個人職涯規劃，擬於X月X日離職」時，都像搭上另外一台列車。當然不同車次之間還是可以互相聯絡，但畢竟不是那種比鄰而坐的朝夕相處，時間走著走著、列車開著開著，聯繫總是容易漸漸變淡、最終也大多走向不同的方向。

職涯結束那天，會是什麼樣子呢？

一般人應該不會有一群彼此認識三十年的人在身邊、公司也不會有人抬著你繞場一周大肆慶祝。那麼，我們退休那天，是什麼情景呢？是收拾辦公桌、是聯絡勞保局、是回頭看最後一眼奉獻青春和度過無數加班夜的地方嗎？

我們退休的時候，又會留下什麼呢？留下無數打卡和薪資紀錄，證明走過這些日子；留下好幾G的電子郵件和一個無法再寄信的公司網域信箱，存檔這段期間內內外外、或欣喜或憤怒的溝通紀錄；留下一些處理過的案件檔案，讓後面同事需要時可以參考。

但說眞的，整個職涯到了最後的最後，到底留下些什麼呢？離開職場後，這些留下來的紀錄或努力過的痕跡，還有多少價值？或是在大家都追求的快速迭代中，注定瞬間被捲入數位洪流，當初再怎麼嘔心瀝血的作品，過不了多久就變成數位垃圾，變成甚至無法證明自己活過的紀錄。

看完高國慶的退休儀式時，有位球員跟我分享高國慶在二〇一〇年做的一件事。那時在台灣打洲際盃，滿場的球迷加油聲喧囂中，對上強敵韓國隊。當時這位球員經驗尚淺、又是對上全台灣都想贏的高張力比賽，這樣的壓力讓他開始綁手綁腳。高國慶或許是看出他的緊張，跟他說「站上打擊區不要後悔，這樣就好了」。

聽了這句話之後，這位球員當天就開始打安打，從此變成國際賽的常客。言下之意是，如果沒有那句話，他可能不會展開後面美好的職業生涯。

「十四年耶，這句話你記了十四年！？」我非常驚訝他一直把這句話放在心上，連年份、情境都記得清清楚楚。不過再想了一下，這種驚訝變成某種感動。在退休的時候，如果有人可以記得我十四年前說的一句話，或是我在某個時刻的身影，然後帶著那句話和身影繼續在職場上努力，我會感到非常、非常驕傲。

寫這篇文章的同時，美國職棒大聯盟以誤判著名的裁判 Angel Hernandez 也宣布退休了。相對於有球迷在場邊大喊「厚嘿厚嘿～厚嘿厚嘿～超級喜歡蘇建文」的蘇建文老師，美國網友說：「得知 **Angel Hernandez** 退休那刻，我跪在超市的地上感謝上帝，他終於退休了！」

工作花掉我們這麼多時間、職涯又這麼長，你想要怎麼被記得呢？願我們從終點回眸時，即使有憾、也都無悔。

十三

彼此領養的內向者

我今天才知道什麼叫「不敢相信自己的眼睛」。

二〇二四年三月三十日，接近三萬人湧進台北大巨蛋，見證歷史性的中華職棒室內第一戰。平常的我根本不可能做這種湊熱鬧的事。其他的不說，光想到要搶票、跟幾萬人關在一起好幾個小時、連買個水都要排隊半天、散場時跟跨年差不多的人擠人……每一項對我來說都像是極限運動。

但因爲好友一句話「三月三十日記得要來喔」，我早早跟經紀人講好那天不能排活動、前一天最好也不要。總之那個月每天都把我操爆也沒關係，那個週末拜託一定要空出來。後來我眞的被操爆了（笑），在外地演講時一上台就被送急診，我那時只想著「完蛋了，還剩幾天？我要趕快恢復才行」。

雖然在醫生的幫忙下身體慢慢復原，但我還是很緊張：緊張沒有票、緊張有突發狀況。我每天焦慮的看有沒有新的公布事項或觀賽須知，在心裡演練五百次所有會發生的狀況，然後當天在球賽開始前兩個多小時到場。

過去我是有名的主場冥燈，大概有超過十年的時間，只要我在場，主場球隊就會輸，屢試不爽。輸到後來只要有國際賽，朋友們都禁止我幫國家隊加油、連電視都不能開。這種體質的人，眞的只求不要打擾人家，所以我總是刻意離這位朋友很遠。越重要的比賽，我越提醒自己連關心賽程都不行。忍了十幾年，某次在日本看完比賽之後，雖然主場球隊還是輸了，但賽後我有種很明確的「魔咒結束了」的感覺。

在這歷史性的一戰，我決定給改運過後的自己一次機會。我要去幫好友加油。進到大巨蛋之後，才發現一切都是多慮了。雖然我不喜歡人群，但棒球場人再多都沒關係；雖然我喜歡安靜，但應援團的音樂再吵都可以。重點是，朋友把我安排在一個離球員休息室很近的座位，他說「這樣我看得到妳」。同樣的，雖然現場萬頭鑽動，但他跟我揮手那瞬間我就安心了。話說回來，我們不常見面，但他出現時總會讓空氣變成某種溫和的頻率。

在我認識的人裡面，他可能是最了解我內心無數小劇場的人，因爲我們個性實在很像。但如果我是一般版，他就是超級賽亞人版本那種。他總是安靜、溫暖、有義氣、全力以赴，就是那種全世界都喜歡的人（只是他自己可能不知道）。當然，他的缺點也比我少多了。我常在想，在某個平行時空裡面，我如果性別不一樣，我如果比現在更厲害、更積極、更堅強、對世界更多貢獻，或許就會變成他，或至少接近他一點的樣子。

回到球賽，當晚他攻守俱佳、甚至還在歷史上留下紀錄。在那當下，我不敢相信自己竟然是在現場目睹這一切、成爲如此魔幻夜晚的一部分。我人就在那裡、耳朵裡是現場的聲音，跟大家呼吸同一片空氣，我甚至還坐這麼近！我的帶衰人生就這樣時來運轉了嗎？我以後就可以光明正大的進場看比賽而不用對任何人感到抱歉了嗎？比賽結束後我們還開心的聊了一陣子，彼此都覺得眞是太好玩的一個晚上。

第二天早上醒來，我還是不敢相信的確認手機裡面的照片跟影片，確定自己喉嚨還在痛、耳鳴也還有一點，確定這不是一場夢。

網路上流行的梗圖說明內向者交朋友的方法：九成五是「動物也算朋友」、5%是「等外向者來領養」。大部分的時候我很難辯駁，但因爲這位朋友，我現在相信內向者之間也可以互相領養。（咦？）只是內向者確認彼此氣味相投的時間可能比較長一點，我們才認識十七年而已。

「你不一定要成爲太陽，哪怕永遠不發光，有的人也能一眼就看到你。」有次他引用《當我飛奔向你》中的話寫給我。我想內向者之間或許就是這樣。

十四

夏天

夏天沒什麼好的。我不喜歡在酷暑裡舉行的大考、不喜歡像被困在蒸籠般濕熱的盆地裡出汗，不喜歡蚊蟲精銳盡出的攻擊，也不喜歡冷氣排出的熱風。我心裡的夏天既不愉悅、還不環保。

直到我在溫帶地區度過兩次長達半年的冬天。

那種冬天是會讓你人生直接變成黑白片的。不是形容詞，而是物理上的黑白，因爲舉目所見都是灰階。那邊每年十月開始下雪，四月春天才來。在這漫長的冬天裡，沒有藍天、沒有陽光，天上是一片無盡的灰、地上則是無垠的白。整個世界就算有顏色，勉強也只能像是電子閱讀器那種低彩度低明度的樣態，毫無生氣。

在這樣悲慘的黑白世界裡，如果天氣好一

點就算了；偏偏只要一出門，迎面而來的極地冷風會讓我連續罵好幾聲髒話；就算穿上蓋到小腿的羽絨外套再加上暖暖包還是沒用。走路時雙腳會深陷在雪裡，只能用手重複先拔出左腳、再拔出右腳的動作才能往前。如果雪融化又變冷就會結冰，再蓋上新的雪之後，肉眼根本看不出來，你永遠不知道什麼時候會在雪地裡滑個狗吃屎。

更可怕的是，只要冬天一開始，就好像不討喜的訪客一樣，永遠沒有離開的時候。每年樹葉變黃的秋天我就會開始害怕，進入冬天一兩個月就會出現季節憂鬱的症狀[3]，覺得人生完全沒有意義。身邊的當地人顯然也沒好到哪裡去，大家會團購模擬太陽光的燈，聽說每天照幾個小時就會讓心情好一點。

唯一的好處，或許就是買回來的可樂可以直接放窗台上而不用放冰箱。只是零下的天氣，誰要喝冰可樂啊！更遑論有次住處的暖氣壞掉，等待救援時，我在房間裡穿上所有的保暖衣物，戴上帽子手套，每五秒鐘就要喝熱水保持體溫。那三個小時感覺像三天一樣長，人生跑馬燈都差點開始播放了。

從北大荒逃離的我，自此打從靈魂深處擁抱亞熱帶夏天的一切。我開始真心喜歡夾腳拖、喜歡踩在燙燙的沙灘上、喜歡手臂上的曬痕、喜歡揮著涼扇、喜歡被強力紫外線處理到酥脆乾爽的床單。

我喜歡盛夏的熱度，像是充滿活力的鼓勵；我喜歡一早就亮到刺眼的陽光，起床一點障礙也沒有；喜歡陪我加班的太陽，寂寞的黑夜變得更短。

我喜歡被蛙鳴吵到睡不著的夜晚、喜歡滿山蟬鳴的白天，喜歡在微風裡叮噹響的風鈴、還有桑田佳祐歌聲裡的海濱風情。

我喜歡仙草、冷麵、大西瓜、西西里咖啡，喜歡夜市裡夾著細脆冰沙的現榨果汁、喜歡在大汗淋漓之際入口的冰涼可樂。我喜歡暑假時的午睡、喜歡夏夜晚風中的棒球賽、喜歡熱血漫畫裡高中最後的甲子園。

我喜歡準時報到而且毫不拖泥帶水的午後雷陣雨、喜歡怎麼拍怎麼漂亮的豔陽藍天、喜歡大雨洗過街道的味道、喜歡微風吹過樹葉閃閃發亮的樣子，還有整個城市在熱氣中帶點拉丁慵懶的步調。

夏天的我，不只不會憂鬱，甚至比較積極、樂觀、充滿希望，對挫折的耐受

3.季節性憂鬱是一種情感或情緒的失調，在日照不足、氣候寒冷的地區，人體的血清素活性下降，人們感到精力低下、能量不足。在高緯度地區的冬季盛行率是低緯度地區的五至十倍。

度高、更勇於挑戰未知的事物、甚至比較豁達。「反正是夏天嘛」經典日劇《海灘男孩》中是這樣說的。

後來我想我知道原因了，畢竟我是在夏天出生的孩子啊。「（主角）比呂贏球，總是在熱死人的夏天。」我最喜歡的漫畫《H2好球雙物語》是這樣畫的。夏天就是充滿奇蹟的季節。

我喜歡夏天，超級喜歡。

十五

友誼型台灣關係法

那天碰面原本以為會很難找，但第一眼我就認出他了！

打從在日本出書以來，因緣際會認識了一些讀者，他是第一個飛來台灣找我的。跟大部分的讀者不一樣，他不上社群平台、只用Email；我們聊的都是台灣日治時代到二次大戰之間的事情、或是很久以前的電影和音樂。「是跟我一樣的老靈魂啊」我這樣想，漸漸把他當成朋友、甚至有點像老同學。知道他要來台灣之後，我們一起規劃他的台灣行程；也是因為這樣，我看到不同的台灣。身為二戰軍事迷，他一直想看日本人眼中戰功彪炳的台南／高雄航空隊以前生活過的痕跡。

「坂井三郎你知道嗎？他以前就在高雄服役。」他在郵件中說。對不起，我學的是筧橋精神那版的歷史。查了之後才知道原來坂井三郎是日本二戰時的傳奇飛行員，他的著作《零戰武士》還是世界級的暢銷書。「橫山保呢？他也是很重要的零式戰鬥機飛行員，以前也在台灣啊～」他繼續問。就說我們是念中華民國的版本，對中國戰場比較熟，不清楚日本（台灣）發生什麼事，不要逼我了啦。

見面那天是一個晴朗冬日下午。坐定之後，他拿出一個高度到我大腿的超大袋子，「這些是要送妳的」。沈甸甸的袋子裡，有精緻的博多人偶娃娃、給我和家人的衣服、大和號博物館（二次大戰日本的大型戰艦）的資料、紀念品套組、橫山保的傳記、傳記摘要、日本戰機雜誌、戰機月曆、日本各地限定的戰機磁鐵……原來是他的朋友們知道他要來台灣之後，紛紛委託他帶紀念品給我。咖啡廳小小的桌子被塞得滿滿的，至今我仍然不知道爲什麼那些素未謀面的朋友的朋友會準備這麼多禮物給一個陌生的外國人。

還好我也準備了一大箱伴手禮，裝滿高山茶、點心、台灣空軍雜誌、空軍紀念品、坂井三郎傳記中文版、日治時代台灣的風景明信片、還有介紹高雄61航空廠的書（當時幫高雄航空隊維修戰機的工廠）。

在古蹟中山堂的咖啡廳裡，我說：「你知道嗎？我們坐的這裡是日本人蓋的、但卻是以前蔣介石接見國外貴賓的地方。」然後我們都笑了。台灣這麼小的地方、這麼多不同面向的歷史，塞進兩個第一次見面的人對話裡，時空彷彿都模糊了。

「長榮海事博物館裡面有 I-400 潛艦和晴嵐水上攻擊機的模型，你看過嗎？」

「台灣博物館裡面竟然有兒玉源太郎和後藤新平的雕像，我好驚訝，還以爲可能被毀掉了。」他興致勃勃的說。這些地方我都去過；或者說，我可能去了，但從沒注意過這些事情。後來才知道，橫山保的女兒一直想來台灣看看父親當初作戰的地方，但因爲年紀大了，只能透過朋友拍照回去分享。

「樂群村（位於高雄岡山，原是日本海軍航空隊高階軍官宿舍）正在維修，橫山保以前應該是住那裡。兩年之後就修好了，到時再回來啊～」我跟他說。他說了好幾次謝謝，說謝謝台灣把這些保留了下來。

「日文裡有個字叫做『絆』，對我來說，台灣是很重要的朋友，我幾乎每天都有這樣深刻的感覺。日本沒有台灣關係法，但是如果發生什麼事，我希望我們可以幫忙。」他這樣跟我說。

眞正發生事情的時候，沒有人會知道怎麼樣，但有朋友是很美好的，謝謝你的這份台灣關係法。

【後記】我後來在東京見到了橫山保的女兒。爲了配合行程被塞滿的我，年事已高的她，竟然一路從橫濱來到東京，只爲了見我一面、還給我滿滿的伴手禮。她說她去過高雄好幾次，但當時沒有熟悉歷史的台灣朋友，所以找不到父親生活過的地方。我偷偷決定：等軍官宿舍開放了，一定要去拍影片和照片給她看。

十六 人如其食的有機偶像

有陣子我的手腳痛死了，整大片皮膚變成紅色，還一直脫皮，差不多兩週。其實也不是什麼大事，就是曬傷而已。因爲那陣子我出差到某個熱帶小島，在極度高壓的會議之間，公司安排了 team building（團隊建立活動），我們在湛藍透明的海洋裡划獨木舟、浮潛、游泳。因爲那邊很多珊瑚礁，我不太敢擦防曬乳。

「這次有夠痛的。」喜歡曬太陽但很少曬傷的我忍不住在網路上對著日本友人小小抱怨，「防曬乳對珊瑚不好，妳這樣做很棒！記得要擦很多乳液。」對方回答。我們開始聊到我所見的有機農夫攤攤，「有機農業很重要！可惜在日本還不太普遍，我們每個人的力量也很小。」他說。當時我心想，這輩子只有三個人跟我聊過有機農業，一個是社會企業家、一個是以環保爲訴求的政黨參選人，第三個就是現在和我對話的人。不過，他是個日本藝人啊！

他接下來說的話又讓我更驚訝了：「你想想看，大家會花很多錢買名牌包和服裝，但吃進身體裡的食物卻是用化學肥料和農藥種出來的。」想一想這樣的確不太對……不過不是啊，你是明星耶，時尚、潮流不是比較重要嗎？

仔細想想，他的人生抉擇也不太典型。在出道十二年之後，決定離開演藝經紀公司去當農夫。不是什麼青年返鄉那種高科技農耕，而是從基礎開始在北海道學種蘆筍，之後又到澳洲、夏威夷、泰國、斯里蘭卡、印度學種各種有機農法，長達四年。

一般演員就算從演藝工作中休息，Instagram 上面也都是帥氣時尚的照片、或是咖啡配美景吧！但他的照片卻都是穿著當地服裝、曬得超黑、長長的頭髮紮成馬尾蹲在地上的樣子，還會寫「可可豆是用竹子和椰子殼當土，混合雞糞種植」等作法筆記。

回歸娛樂圈之後，他也還是只會久久發一篇文，分享大自然或農業。這樣的作風讓我深深自省：如果一個這麼需要宣傳自己的行業都不常用社群軟體、一個這麼注重外在形象的領域都可以覺得衣服包包不太重要，那我這種無名人士就更沒關係了吧！

聊到有機農業，他說日本的有機蔬菜比一般蔬菜貴很多，所以沒辦法普及。身為一個固定買菜的人，我約略算了一下，台灣一般菜市場三把五十元的菜，如果是買有機蔬菜（像我家附近全聯和里仁），大概會多六十幾元。本來還有點斤斤計較，沒想到幾個身邊的阿姨不約而同勸告「有機的耐放，壞掉丟掉才浪費」、「有機的好吃多了，我們這種年紀也吃不多，好吃營養比較重要」。果然婆婆媽媽看事情的角度還是無比犀利。況且，這多出來的六十元會花在健康上（不會吃進化學物質或農藥）、對土壤和水源的溫柔上（不會被污染）、保護臭氧層（不會被大量使用化學氮肥時產生的氧化亞氮破壞）、農業廢棄物再利用（農作物殘渣、稻殼、家禽畜排泄物等都可以當肥料）。這不是很有價值嗎？

二〇二〇年的數據顯示，日本的有機農業佔全部農業的百分之〇．五，台灣佔百分之二，「我們一起加油，有機會我也想去看看台灣的農業。」他說。有句話叫 You are what you eat（人如其食），吃著溫柔的食物、如此溫柔對待地球的有機偶像，實在是太酷了！

十七

有我在，你就是最強的

找資料的時候，因爲要了解棒球手套的製作過程，無意間發現鈴木一朗跟專門爲他製作手套的岸本耕作師傅見面對談的影片。

場景在運動用品製造商美津濃的工廠，兩個人坐在椅子上對談。沒有主持人、沒有道具字卡、都桌子都沒有，就是兩個男人的對話。

鈴木一朗是出了名的龜毛，各方各面、廣角式的龜毛。聽說鈴木一朗跟他人約見面時，是「八點四十七分在飯店大廳」這種，而他本人從來沒有遲到一分鐘過。這樣的龜毛，如果碰到棒球相關的事情，就變成極度龜毛。他每天吃一樣的食物、在一定的時間到球場、做一樣的事情、甚至聽說睡覺時都追求兩邊側躺的時間要一致，就是爲了在棒球場上追求極致的表現。要爲龜毛到這種程度的棒球選手做手套，我光用想的就幫師傅胃痛。

鈴木一朗的棒球手套不只是客製，還是全手工製作：從選用最好的皮（在工廠裡甚至有特別保管一朗專用皮革的地方），由師傅拿著專用的刀切出手的形狀開始，一路手工到底。岸本師傅剛開始幫鈴木一朗做手套時，一直被退貨，不是一次兩次，是退了五六十次。退休後的鈴木一朗，在跟岸本師傅對談時，說了好幾次「不好意思」。

那個「不好意思」眞是讓人咀嚼：不好意思我要求那麼多、不好意思一直叫你重做、不好意思讓你在我的手套上花比別人更多的心血和時間……對於不喜歡造成他人困擾的日本人，這些不好意思或許都有。雖然知道要達到所有要求很難，但鈴木一朗仍然堅持要岸本師傅做出最極致的手套，因爲「是比賽要用的」。

他當然知道所有到他手上的東西都已經是頂級工藝，但他要的不止頂級。他要輕量、柔軟、堅韌；即使外野手手套比較大，他還是很重視手套的平衡（那是什麼東西？），提供不少意見和要求給岸本師傅。

後來他們聊到二〇〇七年的金手套獎。獲獎無數，以後應該會進美國棒球名人堂、甚至有雕像的鈴木一朗，曾經連續十年得到美國職棒大聯盟的金手套獎（二〇〇一至二〇一〇），但只有二〇〇七年，他說那是對他意義最重大的一次金手套獎——那是鈴木一朗第一年戴著岸本師傅的手套上場奮戰。

「如果那年錯過金手套獎，當然我會不開心，不過岸本先生應該是最難過的吧。雖然知道不是簡單的事，但我下定決心要用好的手套上場比賽，絕對不能在岸本先生接替時得不到金手套獎。所以不管要退回多少次，還是麻煩他幫我做手套。」在那麼多機車、龜毛的要求之下，原來他想的是這個。他想的是要用盡所有方法追求最好的表現、最高的榮譽，因爲他不只是自己，他還代表自己身後孜孜不倦、精益求精、被他的超高標準折磨得亂七八糟的一群人。

頭髮已經花白的岸本師傅，也坦承每年發表金手套獎的時候都會緊張不安，但事後說這是他第一次知道自己和手套對鈴木一朗的意義，覺得很感動。後來岸本師傅的團隊根據鈴木一朗的建議，一一改良市售版、大量生產的手套。影片中試戴這些改良後的手套時，鈴木一朗的表情亮了起來，說「如果我是高中生，我拿到這個手套會非常開心」。

這種夥伴關係實在充滿職人精神：我把我的事情做到最好、你把你的事情做到最好，最後我們就會是最強的。我想到動畫《排球少年》裡我最喜歡的一句話

「有我在，你就是最強的」。不是我最強、我們一起就最強，而是「你很強、我很強，而且我會在你旁邊，所以你會是最強的」。

你身邊也有這種人嗎？可能不常見面、眞的見面也講不出什麼眞情懇切的話，但有事情的時候，你知道他絕對是可以依靠的隊友。

明明是兩個大叔的對談，卻也這麼像熱血少年漫畫，眞是的！

十八

那個下午充滿了魔法，我到現在還覺得太不可思議。你聽不太懂吧？先拉回來一點好了。我一直覺得文字是有力量的，但，語言卻是很高的隔閡。有幾次看書，明明劇情很有趣，但就是會忍不住一直出戲；有時候，就是因為翻譯的關係。「我的閱讀樂趣都被破壞了。」那種時候會不禁嘀咕著，大部分時候，那本書很快就會被放棄了。為什麼，明明還是看得懂不是嗎？

我想了很久要怎麼描述這種感覺，直到某次看到美國實境節目的懲罰：把每個人最喜歡的食物擺在眼前（例如有個女生選了漢堡和薯條），贏的人可以吃掉那些食物，但如果輸了，就要把全部食物放進食物調理機裡絞碎後，喝完那混合在一起的爛泥。

如果這個畫面影響到你的食欲，我很抱歉，但讀到可怕的文字大概就是這種感覺，明明可以組合得很好，卻亂成一鍋粥。雖然這種狀況不多，但只要碰過幾次就會變得杯弓蛇影。膽小者如我，後來學會了在看翻譯作品，尤其是很吃文筆的文學作品時，先看看譯者是誰。

有趣的是，譯者通常是屬於不想要自己太被看到那種人：沒有 YouTube 頻道、不開 IG 帳號、甚至 Email 都不太公開。有次讀到一本小說，真的好喜歡好感動，滿腔熱血不知無處發洩之際，只好上了出版社的粉絲專頁，硬著頭皮問：「我想寫一封感謝信給譯者老師，可以幫我轉達嗎？真的非常感謝你們出版這麼棒的作品！」然後，當然就沒有然後了，我小小的熱血消失在浩瀚的數位宇宙中。

第二次試著尋找譯者更是透過國家機器。我的書賣到韓國後，我怎樣都找不到韓文版的譯者。某次機緣下認識駐韓的外交官，他熱情的用韓文幫我搜尋，想不到竟然這樣被找到了，我也有辦法表達我的感激。

那天也是，我喜歡的譯者老師剛好到台灣，他剛好有臉書、而我又剛好有勇氣問：「請問我可以把書寄給您簽名嗎？」沒想到他爽快的說：「都在台北，可以直接見面啊。」我就這樣得以跟這麼神秘的角色親身接觸。

那是個乾冷冬天的下午，我們約在一個日式老宅裡面。跟老師聊到某部小說中的場景時，聽他講著講著，感覺瞬間移動到了八〇年代美國中西部的盛夏，空氣凝結的悶熱傍晚。眼前彷彿浮現爺孫倆一人啤酒、一人可樂，並肩而坐聽著棒球廣播的畫面。

這種掌握文字的能力根本是魔法，老師卻說好的譯者應該跟主審一樣，最棒的表現就是不被發現。他形容自己是住在隱村裡的隱者。只是，有時候他也很喜歡那部作品、希望想更多人知道，所以會忍不住在社群媒體上向大家介紹。

「這樣不是很好嗎？除了作者和編輯，誰會比譯者更了解那本書？我日文版的譯者神崎小姐在推特上比我活躍許多，我真心感激她爲了我們的書這麼努力宣傳。」我心裡理所當然的等式顯然在網路世界裡不是這樣運作。「會有酸民說我在刷存在感，還有人覺得不可能譯得這麼好，去找原文一字一句比對，看我有沒有超譯。」老師輕嘆了一口氣。

我不知道該怎麼安慰他，畢竟我也是在各國都被批評得狗血淋頭過（這該感到驕傲嗎）。我拿出一本珍藏到書頁都泛黃的小說，那是老師的譯作，對他說：「你看，我喜歡的字句都有用便利貼標註起來，隨便抽一句，我都可以跟你說我爲什麼喜歡。」面對強大的酸民，來點酸鹼中和應該有用。

老師的眼底散出好漂亮的光，他好像有點驚訝，說從事翻譯二十幾年沒看過這種讀者。我想也是，因爲我也不會沒事把貼滿便利貼的書拿出來給人家看。讀過的書都像日記，記載我的反思與悲喜，我只想跟懂的人分享。我們聊著他譯書的日子、我讀這本書時的日子，在浩瀚的時間、空間大海中，我們驚覺原來這本書牽起如此多共同的一切。

用盡全力只爲了讓自己不被看到，對我來說，隱村裡的譯者就是這麼一群了不起的存在。謝謝所有譯者老師，用文字創造美好與理解。對了，那次我硬著頭皮請出版社轉達謝意的，就是坐在我面前的這位老師。這麼微小的感謝，傳達到他那裡，只花了十年。

十九

相信，只要有一個人

我很喜歡女神卡卡（Lady Gaga）和布萊利庫柏（Bradley Cooper）主演的電影《一個巨星的誕生》，或許有一部分是因爲眞實世界和電影中的重疊之處。劇中女主角（女神卡卡飾演）是個素人，因爲認識男主角（布萊利庫柏飾）而得到才華被看見的機會，後來變成當紅歌手。這部電影在甄選女主角的過程中，當導演布萊利庫柏提出女神卡卡作爲選項時，遭到團隊強烈反對。

想想其實不能怪他們，當時女神卡卡個人風格強烈、行事作風充滿爭議、而且毫無演戲經驗。一個要投資這麼多預算的電影計畫，沒有人會想把賭注押在一個高風險而報酬未知的女主角上。「如果一百個人裡面有九十九個人不相信你，那也沒關係，只要那一個人願意相信你，就足以改變一切！」女神卡卡在回想那段時間時這樣說，而那一個人，就是布萊利庫柏。後來女神卡卡因為這部片，成為第一位同時獲得葛萊美獎和奧斯卡獎的人。

女神卡卡自己的成名過程也頗為辛苦。家境不錯的她，為了在演藝圈裡面得到機會，有段時間是穿比基尼在紐約的酒吧裡唱歌，「因為這樣才有人會看。」她說。她甚至曾經遭受多次性侵而不敢說出口，因為對方是大她二十歲的音樂製作人，威脅要毀掉她的事業。

而調查指出台灣每三分半鐘就有一個人「正在」經歷性騷擾或性暴力。回想起來，我碰過主管發群組信給辦公室的所有女生，信中附檔打開是裸露的照片，這種信不是誤發，因為三番兩次的來。後來即使是以作者來賓的身分上節目，也碰過男性主持人在麥克風關掉之後說出一連串對女性不尊重的話。我當下只能呆住，完全無法反應。事後才懊悔無比，想著當時如果可以怎麼反擊就好了。我生氣那個不夠機智的自己、懊惱那個讓對方佔上風的自己、同時擔心以後繼續會有其他女生也碰到類似情況，只因為我什麼都沒做。

鼓起勇氣跟好友說時，他安慰我：「自己不舒服妳一定能忍，妳只是在氣自己沒替女生反擊回去。不要再怪自己了，他很快就會自討苦吃了，不是每個女生都像妳那麼有修養。」當下我眞的很感謝有人可以聽我說，但也知道這種事情只要跟別人說，都是給對方二次傷害自己的機會，因爲永遠會有人檢討「妳那時穿什麼」、「是不是妳的表情或反應讓對方誤會」、或「爲什麼不逃走或反擊」。

後來我學會了，除非可以完全信任對方，不然寧願什麼都不說，尤其是自己的脆弱時刻。在確認誰是眞的朋友、確定誰可以相信的過程中，我會慢慢摸索、試探，看每個人在意什麼事情、會說什麼話、做什麼反應。即使都是爲你好，大家展現出來的樣子還是不一樣：有些人表現在意的方法是「誰這樣說？我去打他」，有些人的在意是陪著你打字聊天、有的人是提供務實而精密的解決方法（甚至復仇計畫）。

有次在重要的國外出差前，我完全崩潰，因爲我很確信自己會搞砸，在國外辦的演講一定沒有人來，最後我會自己親手毀掉所有的機會。我的兩個好友，知道了之後用不同的方法展現他們的在意。其中一位，花很多時間安撫我的不安，要我好好享受這一切；怕我在國外沒人照顧，主動找地陪要陪我；後來才知道他甚至還默默動員在國外的朋友，請他們去幫我捧場。另外一位朋友楊斯棓醫師，知道我的焦慮之後更是第一個報名、把行程都排開、專程飛去參加，還邀請當地朋友一起。我完成重要演講之後，他甚至在樓下站了很久、等我收完讀者的禮物，只爲了幫我辦一場小小的慶功宴。如果說任何事情都「要有一個人」去做，這兩位就是我的布萊利庫柏，他們用看似不同但同等堅定的方式說「我相信你」。

但比起相信你的人，這個世界上讓你受傷的人或許更多：有些是你不認識的人，更慘的是，是你認識、甚至深深信賴的人。怎麼辦呢？「付出眞心才會受傷，於是每道傷疤都是值得驕傲的印記。」彭瑜亮在《不用獎勵的教育之道》中這樣說。

二十

沙漠裡的荒野大台客們

我沒有去過沙漠，不管是穿著長袍騎駱駝的那種沙漠、充滿塞外風情龍門客棧老闆娘隨時會路過的那種沙漠，或滿是嬉皮精神舉辦火人祭的沙漠，我都想感受細沙夾在乾燥炙熱的風裡磨擦皮膚的感覺。但真正讓我實現願望的，是牛仔很忙的美國西部沙漠：我入選職業交換計畫，和其他四個之前完全不認識的人，在亞利桑那州的盛夏裡度過整個六月。

讓他們見識一下台灣的台！

雖說是職業交換，免不了要介紹台灣、表演才藝。我們一堆上班族怎麼可能會什麼登得上大雅之堂的才藝！眼看時間慢慢接近，我們實在也想不到什麼符合美國人心中對台灣想像的才藝，真要說的話，我覺得在公園打樹練氣功還蠻有特色的。咦，公園？就這麼決定了！

我們先在清晨的公園裡偷跟大媽學扇子舞、再去城中市場買材質最閃亮的服裝，加上其中一位團員國小的時候學過笛子，我們就這樣確定美國巡迴之旅的劇碼：金光閃閃旗袍橫笛扇子舞！爲了怕美國人誤會台灣人平常都是這樣，我們還寫公文去觀光局要了介紹台灣的ＤＶＤ作爲平衡報導。這樣一動一靜、雅俗兼具的餘興節目，果然獲得美國人一路激賞，甚至還有觀衆問可不可以跟我們買那俗艷無比的桃紅色扇子。

這一系列台到金光閃閃的高潮，就是在大峽谷國家公園氣勢磅礡的岩壁邊，穿上金色旗袍跳扇子舞。身邊觀光客來來去去，對我們抱以熱切的眼光，台灣之光應該是這種光……吧？

隱藏於民宅地下室的……小北百貨？

被好萊塢電影和流行文化餵養長大的我們，在美國感覺不到太多「異國風情」。其中一個去參訪的點甚至是 Costco，「歡迎來到美國！」負責接待我們的先生在店裡大笑著說。我們坐在印著 Kirkland 的陽傘下，嘴巴裡咬著熱狗，一邊想著爲什麼要搭這麼遠飛機來吃跟台灣好市多一模一樣的食物。

但說文化衝擊也是有，我住在一個摩門教徒家裡，他們家有個大概可以容納一百人的穀倉（沒有誇張），爲了準備ＢＢＱ派對歡迎我們，主人是用幫嬰兒洗澡的那種浴盆在幫馬鈴薯調味，然後用電影裡火箭砲尺寸的點火槍生火。我自告奮勇幫忙削馬鈴薯，在派對開始前兩小時就已經削到快往生，發現實在不能用我們的海島思維去看沙漠裡的一切。進到屋裡，地下室竟然像小北百貨一樣，各種生活用品、南北雜貨，罐頭在貨架上整齊排列、一應俱全，我總有種等一下有人會來買兩包白大衛的錯覺。除了滿屋子商品之外，小北百貨裡還塞了兩個外地來借住的傳教士，每天外出傳教，晚上再回到地下室睡覺。小北百貨竟然還兼具香客大樓功能，看來只有沙漠能超越沙漠了。

你的名字

到了盛大的年度募款晚會上，我們決定用可恥但絕對有用的一招：用毛筆寫中文字販售。第一個來攤位上光顧的是 Bob，我們攤開歷經長途跋涉已經有點皺的春聯紙，微笑地問：「你想寫什麼呢？」Bob 說他剛搬新家，希望有個具有東方色彩的字畫。「當然沒問題！」只是我們完全想不出吉祥話，只好隨便寫個「六畜興旺」；因爲太久沒碰筆，毛筆字超醜就算了，畜還寫成蓄。但 Bob 看起來很滿意，我們馬上趁勝追擊：「你想看看你的中文名字怎麼寫嗎？」Bob 滿心歡喜的馬上付錢，請我們開始寫。

「當然沒問題」，這次我們信心滿滿的寫了完全沒有錯字的「鮑伯」送他。他微笑端詳著，問：「這是什麼意思啊？」鮑伯就鮑伯啊，哪有什麼意思。我們面面相覷、支支吾吾，一邊查手機一邊說「Um ... the uncle of abalone」（鮑魚的阿伯）。鮑伯的臉當場僵住，回想起來，當時就像奇異博士在現場一樣，時間空間都完全凍結。後來才知道，原來鮑伯是一間大銀行的副總，還好我們沒有要在美國買房子，不然貸款可能申請五十年都不會過。基於愧疚，我後來定期捐錢給鮑伯成立的非營利組織，最後反而跟他成爲朋友。

在顛簸的馬背上、在兩層樓高的仙人掌旁、在沙漠的湖裡、在萬惡的賭城、在日出的大峽谷懸崖邊，在一起經歷無數蠢事之後，原本不認識的人變成好朋友，事隔多年感情依舊。別看我們這麼 low，現在有在矽谷賺美金的工程師、有壽險業主管、有金融業科技主管……旅程中其他的事情，我是不會輕易透露的，what happens in the desert leaves in the desert.

二

整個青春期，我主要做了三件事：看棒球、看動漫、追星。

在十歲到二十歲這段寶貴的歲月裡，當然很多時間是在教室裡；但只要離開書本，我幾乎只專心的做這些廢事。是廢事嗎？說實在，我當時想不到任何理由，證明這些對我的人生有任何幫助。但就像所有的青春一樣，那是一段尋找人生意義的時光；如果所謂意義是要用刪去法，那不試過怎麼知道有沒有意義。回想起來，十幾歲的時候，很多同學忙的是交男女朋友、研究打扮穿搭、去很熱鬧的地方約會。但我就是個宅女，一放假就把頭埋進漫畫裡，不然就是自己聽音樂、看棒球。

我不喜歡人多的地方，但會在暑假排長長的隊，去看《幽遊白書》動畫版電影首映會，或在西門町曬一個早上太陽，只希望有可能看到來台灣的偶像一面。回想起來眞的很浪費時間，現在的我絕對不會做這種事，也衷心佩服從頭到尾沒有一聲反對的爸媽。不過，反正以前有的是時間、體力，和奮力付出的一切，青春嘛！

幾年前多了一個作者的身分，需要把書推廣到其他國家，當然不一定總是順利，畢竟每個國家市場不同。日本是個出了名對外國人障礙很高的市場；想打進日本的時候，出版社問我：「可以增加一些跟日本相關的內容、增加讀者的共鳴嗎？」當時我只能回答：「對不起，我眞的對日本職場不熟悉。」出版社想必是失望的回去了，搞不好想著「這本書會失敗吧」。

就連社群媒體上也是，只會寫英文的我，在外國翻譯書只佔百分之七的日本，就是個格格不入的外國作者。直到某天，這一切突然有了改變。我被安排上一個以新創、科技爲主題的媒體，主持人竹下隆一郎是小時候就在美國長大的，我第一次可以不用透過翻譯接受訪問。職場話題聊到一半，他問：「你有看動畫嗎？《新世紀福音戰士》的主角碇眞嗣在海外很有名，是不是每個人心中都有一個碇眞嗣？」我很確定，這題不在訪綱裡。

要是平常的我，一定會手足無措，不知道沒有準備的題目要怎麼回答；但那一刻，我看著他，他的表情好像說著：「沒關係，我們來聊些有趣的吧。」那刹那，我竟然有種他鄉遇故知的激動：「不愧是日本，終於有人要跟我聊動漫了嗎？」然後我們聊了九十年代的時代背景，七龍珠、幽遊白書、灌籃高手、海賊王、還有灌籃高手電影，之後才拉回職場。

在日本演講時，許多聽衆在心得中寫「我也是聽安室奈美惠和ZARD的時代」。我推特上的追蹤人數增加的百分之一百五都是日本讀者，他們也開始試著用英文跟我互動。許多人用日文寫著「《灌籃高手》和《安靜是種超能力》，這兩本書是我人生的力量」、「井上雄彥（灌籃高手作者）也這樣說，弱點才是一個人的特點」、「外國作者在商業書裡面竟然舉了日本棒球選手和日本動漫當例子，太驚訝了」。

雖然還是個外國人、雖然還是有語言障礙，但我覺得不再那麼格格不入。就這樣，我的書在日本出版近一年之後重回暢銷書排行榜。

如果沒有青春期只做廢事的自己，我不可能有辦法聊那些話題；就算硬要準備，光《七龍珠》單行本就四十二集是要怎麼看。那個每個禮拜等JUMP週刊發行、把零用錢都花在買漫畫的青春期宅女，竟然就這樣幫助中年的作者和這麼多異國讀者建立關係，她當初應該想都想不到吧。不，就算直接跟她這樣講，她也會滿臉不在乎語氣說「我是自己想看，又不是爲了妳」。好吧，這樣說也對，廢事本來就只是爲了自己。

有句話說「時間花在哪裡，成就就在哪裡」，我花了十年做三件廢事，眞是太好了。

二三

總是不知道什麼時候該說什麼話。人家心情不好的時候我不會安慰、人家開心的時候也不知道怎麼跟對方一起嗨。婚喪喜慶各種場合、甚至只是一般的聚餐，我總是顯得手足無措、笨拙又詞不達意。不是沒有努力過，我甚至會在出門前預演可能會發生的話題、提醒自己準備好該做的表情，但效果非常有限（苦笑）。這麼笨拙的我，總覺得自己有某方面社交障礙，只是還沒到要接受特殊教育的程度。或者其實我需要，只是小時候資訊不足沒有人發現而已。

溝通是包含訊息的接收和傳達，眞要分析的話，我的接收端應該沒問題；甚至，我覺得問題就在接收的訊息太多。身爲高敏感人的我，只要對方一點小動作、或嗅到空氣中一點情緒，在腦中都會無條件放大，然後想著：「天啊，他會不會是這個意思、還是其實是那樣？怎麼辦，我要怎麼回覆？」就這樣，光消化訊息就要花掉七七四十九天，當然沒辦法適時作出得體的反應。

社會化這種事情，照理講是會慢慢進步、在社會中越久會越接近成熟的，但在職場上已經十幾年的我，時至今日還是常感到障礙、甚至懊悔。講話就算了，有時連可以修改無限次後再送出的文字，都會覺得自己打得太快、表達得不夠好。在已經想太多的腦袋裡，我常常反省：「啊，剛剛那樣講，他會不會覺得我太怎麼樣？」、「以我們的交情，現在就說這種話會不會太早？」、「應該要用幽默的口氣帶過，我那樣講又顯得自己太嚴肅了。」然後陷入懊悔迴圈中。

以前我甚至有一本筆記本，紀錄別人什麼時候講什麼話好像大家都很喜歡，下次我也要學起來，行動代號「學舌鳥」。想也知道，世界上局勢變化萬千，那些例句真正派上用場的機會微乎其微，學舌鳥計畫也這樣無疾而終。

有次真的受不了自己的腦袋，忍不住在臉書社團「內向者小聚場」中問是不是有其他人也會這樣折磨自己。沒想到，各種＋1像潮水般的出現。

「我連小時候講過的話都會突然回想起來自我譴責。」

「明明連對方的臉都還沒記住，此刻我卻反覆懊悔自己跟他說的話是不是不得體、太傷人……等。」

「會思考：這樣子他是不是覺得我怎麼樣？我是不是應該改這樣子講才對？早知道就……」

「甚至還爲十年前說過的話懊悔中。」

「明明是件小錯誤，卻不斷在心裡默念對不起、對不起……，要很花力氣才能把自己的想法導正回來。」

我一方面覺得不再孤單，一方面又爲社團中的大家覺得心疼。你看你看，高敏感又來了，我的心疼對他們一點都幫不上忙、他們甚至感覺不到，但我就是沒辦法控制，搞得像陷入某種多愁善感又隱隱作痛的暗戀風暴一樣。泰勒絲描寫戀愛心情的歌〈Delicate〉有好幾句我都超有共鳴。Delicate 是敏感、易碎、脆弱、微妙、需要小心處理的意思，歌裡面是這樣唱的：

Is it cool that I said all that？（我全說出來沒關係嗎？）

Is it too soon to do this yet？（現在就這樣做會不會太快？）

Cause I know it's delicate（因爲我知道這一切都很脆弱）

Isn't it?（不是嗎？）

那些戀愛偶像劇裡才需要的反覆推敲對方心意、鼓起勇氣後又萬分後悔、想著如何解釋或補救的情節，在我的人生中卻像鄉土劇一樣每天毫無倦意的出現。沒有要開始新戀情的我，卻搞得自己日復一日、恆常性的體會這種戀愛中的喜怒哀樂，對方甚至不是我太在意的人。

「學舌鳥」行動失敗了，下個行動該不會是叫「戀愛實境秀」吧？

二三

我的 wingman

「You can be my wingman anytime（你永遠可以當我的僚機）」電影《捍衛戰士》裡，覺得自己最厲害的戰鬥機飛行員彼此這樣說，潛台詞是「主要任務我來，你在旁邊支援就好」。話雖如此，wingman（僚機）對飛行員來說極度重要，二戰傳奇飛行員阪井三郎平常會帶相機幫 wingman 拍照，在空戰中失去 wingman 時悲痛不已。

對內向者如我來說，就算不是在瞬息萬變的戰場上，碰到某些場合，沒有 wingman 真的不行。有些活動眞的很想去，但因爲充滿陌生人，所以每次都焦慮得要死。如果用撥花瓣決定的話，我可能會撥完整個花店的花，都還沒辦法決定「要去、不要去、要去……」。

還好，我有 wingman。

我的 wingman 不多，最大的特點就是他們瞭解、並願意體諒這種一般人覺得有點瞎的恐懼。有一次社團包場看電影、再到附近開聖誕派對。這種長時間暴露在公眾場合、還要社交和交換禮物的狀況，對我來說根本是極限運動馬拉松。我當然硬著頭皮先問 wingman 會不會去。說到這個 wingman，平常不常聯絡，但參加活動時就是我的定心丸。他像會讀心術一樣，活動前一天提醒我：「明天要到晚上八點半，時間蠻長的喔！」讓我做好心理準備。

活動前我們會先約好細節，譬如我會跟他說：「你幫我拿票跟留位子，我要坐你旁邊」、「你穿球衣我就穿」等等。包場看電影時，他提早到場，先幫我劃了靠走道的位子，另外一邊就是坐他，這樣我就完全不用跟陌生人比鄰而坐。

譬如有次在沒有劃位的 live house 聽演場會。那次的 wingman 其實自己本身就是被認出來會產生騷動的人，但他知道我要去聽，特別從後台跑來、在人群中找到我；陪我了一陣子，順便幫我排除一些可能碰到的困難，例如「前面很可怕會撞來撞去，妳待在這邊就好」。

要走之前，他說「有什麼事的話，我就在後面音控區」，我笑著說：「聽演唱會哪會有什麼事啦！」他看著我的高跟鞋，回答「不一定啊，說不定妳想換球鞋」。雖然最後散場時，我們只是互相點頭示意一下，但我心裡對他充滿感激。因為有他在，我竟然就在滿屋子的龐克樂迷之間過了個開心的夜晚。

還有一次活動有類似世界咖啡館的安排，所有聽眾每十分鐘就要大風吹換桌一次。「不怕不怕，我已經長大了，我可以自己處理」雖然心裡一直這樣安慰自己，但我每次換桌時都像在台北車站迷路一樣手足無措。更慘的是，還有陌生人過來問：「妳等一下要去哪一組？我跟妳一起。」我總是被嚇到回不出話。

我不認識他啊、我害怕跟陌生人講話，可是直接拒絕會不會有點失禮……就在我腦袋打結、不知所措之際，wingman 熟悉的身影從遠處走了過來，一派輕鬆的說：「我們不是要一起去那桌嗎？走吧！」我就這樣得以全身而退。那天一直到最後我都死命跟著 wingman，覺得外面的世界太可怕了。

我對 wingman 們不只深深的感激，甚至覺得他們是我跨出舒適圈時必要的存在。後來聽說他們在學生時期也很抗拒這種場合，但出社會之後好像找到了生存之道，想必幫助同類是他們對社會的回饋吧。

我會加油的，以後我也要當可以保護人的 wingman！

衡陽路

二四

人生中的「малина」

逛好市多的時候，在蔬果區看到覆盆莓。小小一盒貴得要死，但我還是忍不住買了，只因爲有我美好的記憶。還記得那時是在莫斯科郊外的一間度假小屋，小屋在一片荒野中間，沒有路名、沒有門牌，「跟郵差說紅色屋頂的房子他就知道了。」女主人爽朗的說。

她讓我們隨意在果園裡現採現吃，那是我人生第一次吃到酸甜美味的覆盆莓，我驚爲天人，想著一定要知道名稱，以後一定要再找來吃。用破爛的俄文，我學到它叫「малина」（發音是馬力哪 **Ma-LEE-Na**）。

其實人生中好多малина：第一次相遇之後，就改變一輩子對某件事情的態度或做法。弔詭的是：我們都不知道今天會發生什麼改變一輩子的事，也不會意識到自己或許就是改變他人一生的轉捩點。

我剛回台灣的第一份工作，是在行銷公司當企劃專員。雖然在美國有些經驗，但進入到台灣職場一樣渾身散發菜味。某個加班的夜晚，我自己焦慮地來回對著 Excel 表上的每項預算，要確定沒有漏掉活動中任何可能的花費或細節。這時一個女生悠閒地走過來，手上拿著飲料問：「需要我跟妳一起看嗎？」

她拉了張椅子在我旁邊坐下，帶著我逐行對預算，讓我從深度焦慮慢慢冷靜下來，因爲我知道自己不是一個人面對極度可能出包的一切。她不知道的是，那天晚上的舉動變成我職場上的 Малина。

從此以後，無論管理多大的團隊、不管是直屬下屬或只來幾個禮拜的實習生，我對新同事都會盡力友善，畢竟我知道那是最需要支持的時候。

另一個 Малина 發生得更早：小學時，中華職棒剛開打，全台灣瘋狂。當時班上男生都隨時背得出球隊打序、球員打擊守備表現、每日即時更新打擊率，時不時還會交換球員卡。但我看不懂棒球，完全無法了解他們在說些什麼。坐我附近的兩個男同學，不知爲何願意大發慈悲的教我棒球所有規則。當年的國小男生女生壁壘分明，更何況我安靜內向又什麼都不懂，一點都不酷。但他們不在意。

他們每天放學後去打棒球，第二天就跟我說他們比賽如何，順便回答我無止盡的問題：「好球是好的嗎？」「什麼是再見安打？」就這樣，我開始懂了這個影響我一輩子的運動。我後來到美國留學、在大聯盟球隊工作、從事職業運動經紀，一直到近幾年協助紐約大都會隊捐款回台灣，沒有他們，我的人生一定會走向完全不同的方向。他們或許完全不知道，但他們其實是影響我人生至深的「Малина」。

後來知道這兩個男生都創業當老闆了，幾十年過後，想必他們也繼續帶著許多人向前進。

人生中總有需要做選擇的時候，碰到出包是要甩鍋還是想辦法解決、閃黃燈了是要快速衝過還是要幫一下後面的老婆婆。願我們都懷抱善意，成為為別人帶來美好的「Малина」。

臺北市天母棒球場
DRAGONS
CPBL 2024中華職業棒球大聯盟聯賽

二五

不需要的幸運手鍊

有陣子過得很不順，突然失業的我，對未來非常不安、充滿惶恐。我其實平常不太想打擾神明，但那時特別去拜拜。網路也像是入侵我腦波一樣，在這時推給我幸運手鍊的廣告。點開來看，裡面五花八門，不同顏色的手鍊據說可以幫助不同面向的願望成真，身體健康、財源滾滾、愛情順利……活像一個現代人的許願百貨。

雖然很明白這是行銷手法，但腦波和磁場都很弱的我，還是走進店面、把信用卡拿出來了。

「要不要帶兩條，有八八折，可以自己用也可以送朋友喔。」百貨公司漂亮店員的笑容清新又甜美，還好我忍住只買了一條。

找個黃道吉日，我拆掉原本戴在手上的海

灘風手環，換上這條幸運手鍊。

那天剛好是伊斯蘭教的開齋節。穆斯林在歷經一個月的間歇性禁食（從日出到日落都不能飲食喝水）、控制情緒（不能生氣或大哭、罵髒話也不行）後，開齋節是第一天可以在白天大吃大喝的節慶時光。在體會一個月的匱乏與飢餓後，穆斯林會彼此分享食物、敞開家裡大門、請他人原諒自己過去一年的過錯。

我所在的城市裡，市政府固定會舉辦大型的開齋節活動，那次，我邀請家人一起體驗不同的宗教文化。說也奇怪，在這麼四季都容易下雨的地方，我參加過的開齋節活動總是在晴朗的好天。那是個美麗的週日，陽光普照、微風徐徐，我們在公園裡的樹蔭下鋪了野餐墊，品嘗來自摩洛哥、印尼、土耳其、尼泊爾、雲南各地穆斯林製作的餐點。

旁邊卡拉ＯＫ傳來陣陣樂音，雖然完全聽不懂、雖然他們有時候唱到自己笑出來，但這歡樂的歌聲實在好好聽。草皮上其他地方也是一圈一圈的野餐人群，應該都是來自伊斯蘭大國印尼吧。他們穿的盛重華麗、畫著漂亮的妝，帶著自己料理的家鄉食物，和朋友們開心相聚。公園另一邊，賞鳥人士們用大砲照相機，安靜地捕捉樹上五色鳥的蹤影。

在這座城市的公園裡，我仰頭面向湛藍的天空。那瞬間，不知道是不是手上幸運手鍊的關係，我感受到無比的幸福：穩定的天氣、大自然、和平、不同宗教互相尊重、衣食無慮的豐足，這一刻的一切，對於很多地方的人來說，或許就是最美好夢境裡的樣子，而我正身在其中。

手環上的鋯石是迄今爲止地球上發現的最古老的礦物，它或許經歷過這個星球許多爆炸、黑暗、酷熱、冰凍的日子，不知道它此時此刻是否也覺得溫和而安靜呢？戴上幸運手鍊之後，最幸運的事，或許就是了解我其實不需要幸運手鍊。如果人有前世，我一定是梭哈了所有的陰德，才得以享受這一切。

或許生活不是完美，但我，非常幸運。

二六

有禮物，快去收

你知道白人跟黑人有差別吧，那你知道有人外表是白人，但身分是黑人，而且還是美國職棒大聯盟名人堂中唯一的女性嗎？

早在一九五五年 Rosa Parkers 在公車上不肯讓座之前、在馬丁路德激昂地說「I have a dream」之前，這個有著標準白種人外表的女生，就已經在爲黑人聯盟的球員爭取權益了。她叫 Effa Manley，也是美國棒球最高榮譽——名人堂中唯一的女性。

當時因爲種族隔離政策，有色人種和白人做什麼都要分開，而棒球也分黑人聯盟和白人聯盟。Effa Manley 的親生父母都是白人，但她認知中的父親（繼父）是黑人、兄弟姐妹都是黑人、在黑人社區長大，不僅後來一直都被以黑人女性看待，她的自我認同也是黑人。

「我（的外表）確實是個白人，但兄弟姐妹都是黑人，所以我成了黑人。我知道你一定在想，『這個白人女人爲什麼這麼關心黑人？』事情就是這樣，只是我生活的周遭都是黑人。」她這麼說。

她喜歡棒球、嫁給黑人聯盟棒球隊的老闆，從此成爲黑人球隊中的白皮膚闆娘。但她不是花瓶，她充分運用手上所有資源，親自參與球團管理，幫黑人球員爭取權益、甚至一直寫信爭取名人堂應該要納入黑人球員。

球場上是這樣，到了場外她一樣是嚴父兼慈母，「曼利太太會打電話給你，告訴你如何穿衣、該做什麼，和誰往來。你如果有私人的問題，去找曼利太太，只要你沒有違反規定，她都能理解。」球員這樣形容，她還當了好幾位球員、甚至他們下一代的教母。也因爲她一生不遺餘力爲黑人球員爭取權益、積極參與社會運動，她成爲棒球史上無法忽視的一位母親。

英文的天賦叫做 gift，跟禮物同個字，我覺得很貼切。

Effa Manley 之所以可以做到這麼多，會不會是因爲她同時擁有兩個世界的觀點、並能充分運用兩種不同的身分？身爲黑人家庭中的白皮膚女生，我幾乎可以想像她從小受到的嘲笑，應該不亞於哈利波特的魔法世界裡被笑是麻瓜或混種。

如果我是她，我搞不好老是覺得裡外不是人，這種不黑不白的身分，走到哪裡都格格不入；我幾乎可以看到有一條讓人變得沒自信、低自尊、獨來獨往的大道在她眼前展開。

但她不是，她成功的把這項劣勢變成優勢，甚至創造出一些模糊地帶的操作空間（例如平常住黑人區，但搭車或外出住旅館時，就會以白人身分），這是一種其他人買也買不來的獨特先天條件。

同事覺得你是邊緣人嗎？全校只有妳一個女生在打拳擊嗎？大家都說你長得很奇怪嗎？好好看一下你手上的禮物是什麼；我說眞的，再仔細看一下。什麼，你還不知道？趕快去收，很棒的，眞的！

（攝影 / 郭嚴文）

二七 黃昏的妖怪

有次跟朋友閒聊，她說上班一整天，只爲了四點到五點那個小時的產値（美國很多公司是五點下班）。

「那妳早上九點到下午四點都在幹嘛？」我這樣問。

「爲了那一小時做準備啊！」她理所當然地回答：「我醞釀了一整天，就是爲了在下班前把腎上腺素都逼出來。」這聽起來沒什麼道理，我問：「那如果可以四點再到公司，妳還是可以做完一天的事？」

「不不不，就說了我需要一整天來暖身，才有辦法在最後一小時把洪荒之力催下去。」聽起來是需要集氣很久的全集中呼吸，我還是沒辦法參透。

場景移到火鍋店，我和一群喜歡的人吃飯，

席間和某位職棒球員聊到台灣的球場設計，聊到有些球場的方位就是會讓黃昏時段的陽光直射打擊區，讓打者根本看不到球，大部分的時候只能用猜的。

夏天日照時間長，如果又碰到較早開打的週末，基本上有好幾局兩邊都是靠直覺和陰德值在打擊。戴太陽眼鏡不行嗎？在臉上擦反光塗劑不行嗎？稍微移動角度閃掉直射不行嗎？平常每天都在解決各國狀況的我，反射性在心裡想著一個又一個可能的解決方案，好擺脫這個硬體上的限制。

「所以到底怎麼辦？」我實在想不到他們是怎麼做的，決定直接問朋友。

「就等啊！」這位相識已久的朋友臉上一派輕鬆地說：「等太陽下山就好了。」

什麼！！！那如果太陽到六局都還不下山，你們就六局都在瞎猜球路嗎?!

「兩邊都一樣啊，我跟隊友說：現在打不到沒關係，等太陽下山你就知道了，我是黃昏的妖怪。」我聽到這回答眞的太震驚了；這時，朋友又說：「而且有時候會是陰天。」

當下我終於明白人家爲什麼說棒球是失敗的運動，而能在棒球場上生存的都是內心極度強大的人；如果哪個商業談判場合我被告知有一半的時間都不能知道對方在說什麼、又要馬上做出因應策略，我應該會馬上覺得這也太不公平了！但眼前這個年齡小我許多的球員，又是在這麼激烈競爭的比賽層級，竟然可以做出這麼深含禪意的回覆。

場景再移到熱炒店（我怎麼總是在吃），席間有位知名導演跟我們介紹戶外拍片時，絕對不能錯過的幾個場景和時刻。一個是可遇不可求的耶穌光（陽光從雲層間隙灑下來），另一個是 **magic hour**（魔幻時刻）。

導演說 **magic hour** 是黃昏過後、太陽又還沒完全下山的時刻，那時世界萬物會呈現魔幻的藍紫色，非常漂亮。但就算天時地利人和，每天也只有五分鐘（叫 **magic**「**hour**」其實有點廣告不實），而且陰天就不行了，非常看運氣。我又開始想：燈光師打不出來嗎？用後製處理呢？科技這麼發達總有辦法吧？導演說他也問過，但是就是做不到，這是只有上帝才能打出來的光。

有陣子台北下雨下到讓人懷疑人生時，我跟打掃的小姐聊天，她住在南部的婆婆那時常抱怨：「爲什麼雨都一直下在你們台北？台北又沒什麼人種菜，雨下那麼多在台北有什麼用！」殊不知台北的我們也很討厭每天要淋雨騎車曬雨衣、二十四小時開除溼機、洗衣服永遠不會乾的天氣啊。

每次下雨到很厭世的時候，我會聽鄉村歌手 Luke Byran 的〈Rain Is a Good Thing〉（下雨是好事），歌詞裡面寫道「Where I come from, rain is a good thing. Rain makes corns, corns make whisky.（在我們那邊，下雨是好事。下雨讓玉米長大、玉米長大了就有威士忌）」，聽起來好像也有點道理，或許這種讓人發霉的天氣也有人得利。知道至少有人因此作物得以生長、經濟來源有保障、水庫肚子飽飽，心裡好像就平衡一點。來打掃的小姐是這樣回她婆婆的：「天要下雨、娘要嫁人，誰管得了啊。」

一樣的陰天，對棒球選手有利，但對導演來說就等不到 magic hour；一樣的雨天，對上班族來說是通勤的困擾，但對作物來說卻是甘霖。既然世界上太多事情我們不能控制，很多時候只能等。等雨停、等太陽下山、等故障排除、等緣分出現……等找到屬於自己的天時地利、準備好，然後用那五分鐘奮力一擊。

別人的天時地利不等於你的，當然我們會羨慕其他人，但羨慕之餘，或許也可以想想怎麼創造自己成爲妖怪的時刻，那就是我們自己的魔幻時刻。

「天母上空的龍」

台北市立棒球場拆掉之後，天母球場是最能讓我沈靜、恢復力量的地方，幾乎具有某種宗教意義。

龍年某場比賽開始前，天母上空出現一條色彩絢爛的龍。此刻棒球之神是如此照顧即將遠行、短時間無法回台灣看棒球的我。

只要相信，就會存在。

［降溫用彩繪］

台北盆地的夏天總是濕熱難耐，對路人來說尤其是。

人行道上的可愛彩繪，好像會讓溫度低一點點。從能量守恆定律來看，用彩繪就能讓體感溫度降低絕對算是某種奇蹟。

至於確切地點，應該是在台北市復興北路由民權往民生的方向，記得沒錯的話是在燒肉店前面。

「台北一〇一的顏色」

曾經在台北一〇一附近（我自己戲稱天龍國中心）上班蠻長一段時間，每天工作到昏天暗地後，下班第一件事就是望向一〇一。

隨著週五的接近，一〇一的燈光會由紅橙黃綠慢慢接近藍靛紫，只要顏色越接近藍色系，我的心情就會越輕盈。

多年後又有一個天龍國中心的工作機會，各種條件都讓人心動，但我婉拒了。雖然不確定以後會不會後悔，但加班的夜晚、塞車的基隆路、紅色的一〇一，都讓我感到害怕。

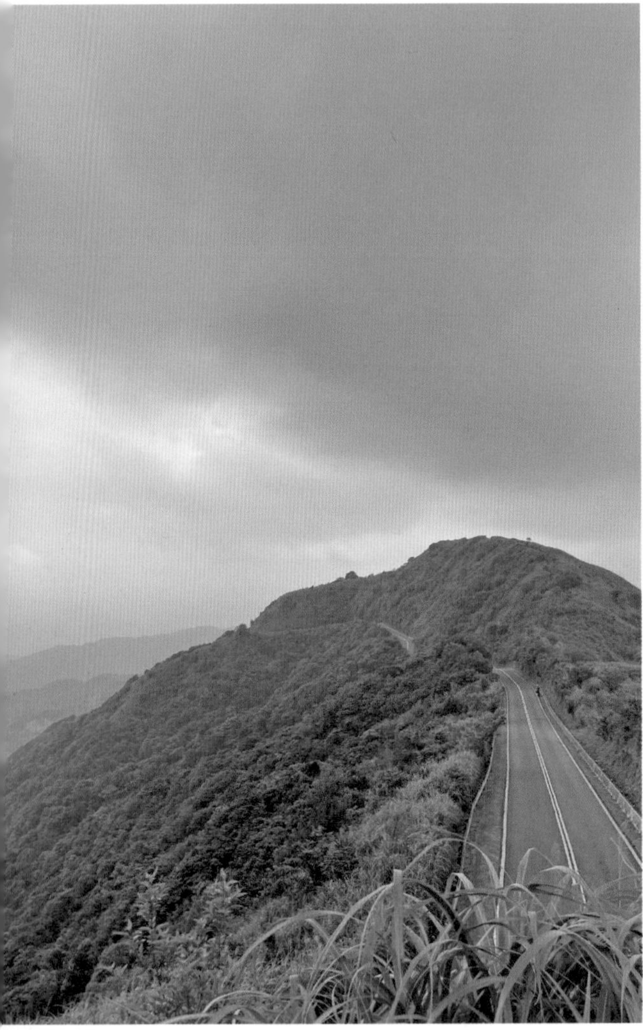

〔不厭亭〕

曾經以為我是不怕孤單的人，後來慢慢懂了，可怕的是「只有自己承受」的感覺。偏偏國際工作中，身為台灣人常常是這樣：走到哪裡都是唯一一個，要花很多努力才能做到其他國家的人理所當然的事。

不過患難見真情，越是困難的時候，越有可能認識真心的朋友。

瑞溪公路在瑞芳雙溪交界處有個涼亭「不厭亭」，遠看覺得在群山中非常寂寞，走近後發現車友、旅客不少，甚至還有賣烤魷魚的發財車。這樣可以孤獨、卻永遠不會孤單的台灣，著實讓人喜歡。

二八

為你感到「捨不得」的人

有陣子看了一部超ㄎㄧㄤ的電影《歐洲歌唱大賽：火焰傳說》，主角是一出現就讓人覺得很ㄎㄧㄤ的威爾．法洛，因爲家裡有人很喜歡看，我還硬生生地從頭到尾看了兩遍。劇情很簡單，是描述來自兩個冰島的無名小卒，莫名其妙代表國家挑戰一年一度歐洲歌唱大賽，還比到最後的故事。

就算是喜劇電影也有反派角色，這部電影裡面的反派就是帥到不行的丹．史蒂文斯。他飾演來自俄國、神祕多金、唱起歌來又熱情無比的男中音，從頭到尾一直想要把女主角拉離男主角身邊，跟自己另組團體。他在自己的城堡辦派對、讓女主角在金碧輝煌的房間裡過夜、保證可以給他所需要的一切資源和機會，就是所有反派角色會做的那些事情。

但上網一查就會發現，網友深深爲這個反派角色著迷，當然是因爲他高富帥，或許更重要的是，從頭到尾他是最想讓女主角快樂的那個人：他鼓勵女主角跨出舒適圈在大庭廣眾下歌唱、卻在她聲勢高漲時毅然離去，只因爲這樣對她比較好。

電影裡面演的當然比較像是童話故事，我們何嘗不想身邊有這樣的人，但現實常常是有同事扯後腿、不認識的人暗中造謠、以爲是朋友的最後發現是敵人，或景仰的對象最後竟然用各種方式傷害你。

這樣爲你著想的人，一輩子究竟能遇到幾個？

有陣子我的公司經歷組織改組，人事有一番大變動。我剛接手一個不熟的團隊，完全不知道怎麼下手訂隔年的年度目標，跟主管面談的時候手心冒汗、腦袋空空，只有心臟不停加速的跳。出乎意料的，主管只是大概跟我講了一下年度目標的數字，花最多時間的部分，反而是在問我：「剛剛講的是公司對妳的目標，但妳自己呢，妳想要成爲什麼樣的人？我們要怎麼幫妳成爲那樣的人？」

先說一下背景資訊好了，我的主管是個極度實事求是的印度裔美國人，開會前三分鐘會有美國人的幽默，但其他時間用的完全是精打細算的印度頭腦。原本以爲他會火力全開緊盯我的年度目標，把我搾到一滴不剩，那次才知道，原來比起短期的公司目標，他一樣在意我的個人成長和職涯規劃，並且願意坐下來跟我一起想辦法幫助我達成這些願望。

工作之外，因爲兼職出書的關係，跟其他作者常常需要禮尙往來、互相拉抬，我受了很多人照顧，也常出席別人的活動。有次聊天中，一位好友作者特別跟我說除非必要，他不會找我出席活動或直播等等，因爲「我不想、也捨不得消耗妳的能量」。更有甚者，他還會暗自觀察，如果那陣子活動太多，他會主動來訊叫我把活動推掉、趕快去睡覺，理由是睡眠不夠很容易感冒（眞是個讓人哭笑不得的理由）。

聽到之後覺得很感動，我大多時候都是自己要糾結半天之後才硬著頭皮拒絕別人，很少有人願意這樣幫忙保護自己的能量。光是這點，我就覺得他是個可以當二百年朋友的人！但話說回來，我們兩個見面的次數其實十隻手指頭數得出來。

那些會捨不得你的人，不見得是你感情最好的同事、最親近的家人，或是你想像中的莫逆之交；他可能是嚴厲的主管，正因爲他在乎、所以嚴厲；可能是沒見過面的臉友，素昧平生卻把你的一舉一動放在心上；或是一個你沒有注意過的同事，默默爲你擋了某些刀。

但有趣的是，除非他們說出來，大部分的時候我們不會知道。我們不會像有年度目標設定會議這種場合，可以大方講出自己爲對方做了些什麼，和對彼此有什麼期望。

當然有人可能會說自己磁場不好，常常遇人不淑；也有人覺得自己處在爾虞我詐的環境，很難再去爲人著想、有任何同理心。

或許，在可以的情況下，願我們都能試著去理解他人、放下成見的傾聽內心的聲音，然後做出盡量善良、溫柔的決定。

或許，我是說或許，越爲人家不捨，人家就越捨不得我們。

二九

重點不是做了多少事，是影響了多少人

我一直以為我在做白工。

從小到大，蠻多時候我恨不得自己有那種可以拿出來表演的才能。像是唱歌、跳舞、彈鋼琴、做草編、烤蛋糕，或只是耳朵會動都好。偏偏我一項都沒有，連個性都不太適合在茶餘飯後表演；如果眞要說才能的話，或許就是躲在房間裡、一個人對電腦寫文章吧。

聽起來遜爆了，而且事實上也是。

說起來我們也不是不努力。出書的時候，我跨出舒適圈大概五百公里遠，不斷上各國通告、訪問、直播、連料理節目都去了。即使這麼用力，我不知道有誰聽到。

類似的狀況，爲了幫台灣募款，我花整整一個月的時間，只爲準備七分鐘的簡報讓外國人知道台灣偏鄉的需求；我也曾抱病坐十幾個小時飛機，只爲了讓國際會議上出現台灣。

但說實在，這該不會只是我的一廂情願吧？

幾年前的聖誕節前夕，我去聽了一場演唱會。那是個台灣本土龐克樂團，小小的 live house 裡塞了一千多個聽衆。比起其它動輒幾萬人的巨蛋演唱會，那是個很親密的體驗。人滿爲患的場地裡，大家熱烈地唱著，歌迷揮著很重的大旗、在合唱時搭起旁人的肩膀。

主唱在舞台上喝著啤酒說：「我喜歡這樣，因爲跟你們在一起，我才有辦法說心裡話。」冬天晚上的這場演唱會，讓我感動異常。這樣幾個人，用音樂表達自己的想法，一直堅持著、進而影響了一群人。或許他們 YouTube 點閱數永遠差韓流偶像團體兩位數，也不會開什麼全球巡迴演唱會，但他們有的卻是紮紮實實的一群、信念相同的人。

聽著台上的樂音、看著觀衆們純粹的笑容、偷瞄到旁人留下眼淚，我羨慕不已。我羨慕他們有辦法譜出感動人的旋律、用歌詞傳達自己的理念、站在舞台上眞心演唱，用 MV 寫故事、透過這麼多管道造成影響力，我卻只能坐在電腦前寫文章。如果有個叫「影響力」的班級，我應該就是成績超爛、還坐在垃圾桶旁邊那種邊緣人。

如果可以有寫歌、跳舞、演戲的才能，同樣的努力程度，我或許更容易讓別人受到鼓勵、獲得陪伴，或讓世界變得美好。用文字費力寫半天沒用的時候，也許唱一首歌大家就懂了？

知名球評曾文誠（曾公）常提醒我們：「重點不是你做了多少事，而是影響多少人」；張雨生說：「眞正的搖滾精神，是一直吸收好的，放在心裡沈澱，變成帶領人類往更好方向的東西。」看到這群演唱會的聽衆，我開始思考：或許不是每件事情都是要用數量作爲評量單位，會不會志趣相投、價值相同、向心力超強的五千人，比淺層連結的五萬人更有影響力？

會不會只要我用心寫出一些好的東西、努力說出好的話，也是某種程度的搖滾、可以把世界變成好一點的地方？

就這樣安慰自己，好像就沒有那麼失落了。

如果老天爺給我的武器是雙節棍，就不要想著別人的青龍偃月刀多厲害；如果是李安，就不一定要用比爾蓋茲的方式影響世界。

走出演唱會，雖然已經接近午夜，但心裡充滿能量。我好想把這些能量帶到很遠的地方、做很多幫助這塊土地的事情。雖然領域截然不同、彼此也不認識，但比起羨慕或不平，現在的我更多了一種慶幸。

這塊土地上，有這麼多人用不同方式彼此幫忙、鼓勵著，真的太好了。

三十

我朋友不多，但蜜雪兒絕對是最酷排行榜的前幾名。

她是哈佛的高材生，畢業後卻不顧家人反對，跑到美國最窮困、犯罪問題嚴重的密西西比三角洲當老師。那個小鎮叫赫勒拿，沒有咖啡廳、沒有書店，三不五時就有槍擊案件，連警察都會販毒。

她任職的學校專收被其他學校退學的問題學生，逃學、吸毒、鬥毆的都有。那裡沒有美術老師卻有駐校警察、學生會想在教室裡尿尿、學期進行到一半就輟學去生產。

她那哈佛的腦袋，花最多心思的是怎麼讓學生來學校。想當然，她父母不會太支持這種職涯；為了讓父母滿意，她一邊試著教學生一字一句閱讀、一邊考上哈佛法學院！

畢業後，她同樣選了一條不太平凡的道路：當同學們都去華爾街、國際大公司上班時，她選擇到非營利組織，爲弱勢的移民提供租屋、勞工權益相關法律服務。

「幫石油公司辯護又不差我一個。」對著驚訝的我，她微笑的說。雖然是這樣像太陽般耀眼的人，她卻謙虛又好相處。

某次對我來說幾乎是酷刑的社交酒會中，她在滿屋酒酣耳熱的人群裡一再向我確認：「這邊人好多，妳還好嗎？」在簽給我的書上，她寫著「謝謝妳眞誠、有智慧且充滿啓發」。明明眞誠、有智慧又充滿啓發人的是她吧！

如果用日劇《重啓人生》的邏輯，她絕對是至少過了四輪的人生，才會如此傑出、柔軟又面面俱到。

「眞是超人加天使，帥到爆炸了」，她在我心中，就是披著披風、改變世界的那種超級英雄！

前幾年她搬到台灣後，依然用自己的專業，在大學教書之外，持續關注人權議題。我跟著她用不同的眼光看台灣，了解這塊土地上人權歷史的發展、女子監獄中的情形、幫烏克蘭團體募款買救護車，想辦法把資源送進加薩走廊。

甚至連台灣人自己沒事都不太會碰的政治，她也用自己方式參與，包括在週末的菜市場，用簡單的國語詞彙請大家記得去投票。

除了忙著改變世界和拯救我這種麻瓜，她還和先生一起發行電子報。（驚！）在我訂了許多又退了許多的電子報裡面，他們的電子報我不僅每一期都捨不得刪掉，很多期根本是剛起床收到，就迫不急待的在床上看完了。

有一期電子報中，刊登了住在台灣的韓裔美籍作家的文章，描述她見到同為日本前殖民地，台灣和韓國在二十一世紀的現代對日本文化接受度的極大差距。

作家從小聽在韓國長大的媽媽說：「你知道爲什麼韓國沒有野生老虎了嗎？日本人殺光的。華盛頓特區的櫻花會讓你過敏嗎？那是日本的櫻花，韓國品種的櫻花才不會讓人過敏。」但在台灣，她在百貨公司逛半天，只買得到日本品牌的電子鍋（還因此被媽媽罵了一頓）；在北投保存良好的日式建築裡，她看到有台灣人穿著租來的和服拍照。這樣的差距，讓小時候目睹韓國爲了去除殖民色彩而拆掉日治時期總督府的她，覺得迷惑與不解。畢竟在台灣，很多建築不只好好的被保存了下來，總督府還直接變成總統府呢。

這樣的觀點，如果不是因爲蜜雪兒夫妻的電子報，我從來不會想過。

前陣子有日本朋友在推特上分享在美國育兒的挫折，譬如日本父母希望孩子不要浪費食物、美國老師鼓勵他們飲食適量、吃不完就丟掉；父母希望他們尊師重道，但老師一直鼓勵孩子提出不同觀點、挑戰既有作法。我想我可以理解這樣多背景文化下的挫折，「雖然有時不免覺得無力或困惑，但有機會接觸、了解、擁抱不同文化，都會是孩子們難得的寶物」我這樣跟日本朋友說。

願我們都像活到第四輪卻還是全心全意擁抱世界的蜜雪兒一樣，爲自己信仰的價值勇往直前，用自己的方式充滿英雄氣概。

三一

盧二十六塊錢的富翁

我的工作是在美國募款，捐到亞洲的非營利組織。我的客戶是美國的個人和家族基金會，成立基金會是美國有錢人中常見的避稅方式，所以我幾乎每天都在接觸這些有愛心的富翁，或是他們的律師、會計師、財務顧問。

他們的財富多到我難以想像，身爲普通上班族的我，剛做這份工作的時候，發現最好的方法就是把數字只當數字，才不會整天被那麼多零嚇到身心失調。又因爲需要保密的工作特質，我們的同溫層很薄，無論是合作夥伴或競爭對手，我們能說的不多。

印象深刻的是有一次，某個外部合作夥伴竟然忍不住講到他的客戶。他在紐約，主要服務大額捐贈者，捐款底限是三百萬美金。

「妳知道嗎，我的捐贈者要捐那麼一大筆

錢，他剛剛竟然花了半小時，跟我盧二十六元美金的手續費。」這種事情其實不算罕見，我認識的有錢人也都精打細算又重視效益，我已經習慣從他們的角度看事情，「半小時還好吧」我淡淡的說。

「不，妳不懂，這已經是第三個禮拜了！」螢幕那端的夥伴，臉皺成一團、從喉嚨深處發出哀嚎「我可不可以直接給他二十六元，請他放過我」。

這有點毀我三觀了，如果有辦法一次捐三百萬美金，他的時間應該很寶貴吧？我還記得以前某個老闆鼓勵我：「妳要有野心成爲那種連彎腰撿鈔票都算浪費的人，因爲那彎腰的一秒，妳可以創造鈔票十倍的收入。」這種境界我難以想像，我如果在地上看到鈔票不僅會撿起來，還會花時間跑一趟警察局。

但那是我啊，有錢人不會這樣吧，花三個禮拜盧二十六元是怎麼一回事!?

我左思右想、經過幾輪的旁敲側擊請教之後，發現有錢人眞的跟我們想的不一樣（雖然這件事大家早就知道了）。那二十六元的差別是來自手續費的計算公式雙方認知不同，之所以會花這麼多時間，因爲這是「結構性的差異」。

在他們眼中，這或許比單一事件（如輸入錯誤）差二十六萬元還嚴重，因爲會影響到以後每一次交易、每一筆捐款。

這次「只是」三百萬美金，如果他們未來十年內要捐三億，或是遺產要捐三十億呢？當然這是他們的捐款，最後只會有去無回，但正是因爲是要幫助社會，他們更是斤斤計較，希望用所有方法確保這份善意可以長長久久。

知道這樣的差別之後，我對好像對世界有了不同的看法。

錢是中性的工具，重點是怎麼用而已。錢很多不代表他是壓榨他人的既得利益者或是邪惡帝國派來的，計較錢也不代表小氣或吝嗇；如果在不爲難他人的情況下謹慎計較，也只是表示他很在乎而已。

話說回來，我不會再說任何人「盧」了，不管是收集折價券、對信用卡折扣斤斤計較，或買菜請老闆送蔥，都是走在成爲富翁的路。

對吧？一定是的吧！

三二

每次去美國出差，同事們不免會安排下班後的派對。

有次派對結束時才九點多，我們一行人走在灣區市郊的高級住宅區準備各自回家。突然，我看到有個背包躺在馬路旁邊，很普通的款式，就是一般美國學生會背的那種，同事們也看到了。

身爲凡事就是想幫忙的台灣人（這是日本友人說的），我的自然反應就是：去看看裡面有沒有證件或聯絡電話，然後聯絡失主啊。

沒想到每個美國同事都像被觸電一樣跳起來大叫：「不要過去！！！！不要碰那個背包！！！！那可能是炸彈，報警！！！！！」

我看著這群在安靜住宅區裡面大叫的上班族，覺得疑惑又充滿違和感，是有必要這麼大驚小怪嗎？後來我們把背包拍了照，記錄掉落的地址後就快速離開現場，隔一段路才打電話報警。完成之後，他們才終於冷靜下來，用嚴肅的語氣說背包裡面可能是危險物品，叫我以後務必小心。

「我女兒的學校才剛演練遇到校園槍擊案要怎麼躲，這裡是美國。」其中一個同事這樣說。

比起可能是炸彈的背包，這群人的反應才眞的讓我害怕，到底是什麼環境會讓所有人都假設路上的背包是炸彈、隨時會有人拿槍衝進學校掃射？

後來想一想，不對，應該是我來自一個太安全的環境，才沒有這種警覺心，想想應該是台灣的錯（咦？）。事後我問了身邊的台灣朋友，大部分人ＳＯＰ跟我差不多，有小部分人說會全程錄影，免得被誤會裡面貴重財物的損失跟自己有關。

果然，炸彈這種好萊塢等級的製作不在我們的警戒範圍裡。

有個很好的朋友曾經世界巡迴演講兩百多場，他知道我也會到處演講，很認眞地提醒「別人給的飲料不要喝、開瓶過後的東西如果離開過視線都不要碰」。我剛聽到時很驚訝，主辦單位買星巴克給我也不行？

不行！

身爲醫生的他，很仔細跟我說哪些藥物取得沒有很困難，卻會對人體產生極大的影響，同時還附上之前發生過的事件新聞報導當作佐證。

我回頭推敲了一下，這麼說來，這些事情其實一直都在身邊發生，只是我剛好沒有碰到？竟然就這樣安然無恙地活到現在的我，不是上輩子積超多陰德、就是身邊有一群人默默花了極大的力氣保護我。

「你的歲月靜好，都是有人爲你負重前行。」我想到常聽到的這段話，這些人沒有在我面前大喊：「不要碰這個」，是因爲他們事前就軟硬兼施要我遠離，或根本把這些東西都拿走了；他們沒有法外開恩，是因爲這樣才能守護大多數人的安全。

有人說自由像空氣，平常沒感覺、沒有就知道有多痛苦；我覺得安全也是。去到美國的我，覺得像在習慣阿爾卑斯山上呼吸純淨空氣的人來到工業城，一直咳嗽才知道空氣品質也是有分的。

謝謝讓守護台灣的人們，你們一直背著我們，卻從未嫌我們重。

三三

DEI

不知道什麼時候開始，很多重要的概念都是三個英文字母，像是OKR、SDG、ESG，這些字母組成的縮寫，在中文世界裡相當讓人困惑就算了，以英文爲母語的人其實也不太懂。

前陣子的會議上，美國同事面帶憂愁的問：「有人碰過客戶要我們交DEI報告書嗎？」這個不知道哪裡冒出來的新單字，原來是很美國的一個名詞，代表diversity, equity and inclusion（多元、平等、共融）；簡單來說，就是某個組織做決策（尤其是錄用決策）時，是否能顧及性別/族群多元性。

在台灣還好，美國的族群複雜到不行，同事遇到的狀況，就是客戶要求我們交出一份報告書，證明我們內部所有決策都符合DEI原則，他才願意跟我們合作。

一個月之後，場景拉到亞洲某個熱帶小島，由執行長和人資長帶頭，各國同事匯聚一堂，就是要討論怎麼落實ＤＥＩ。

「我可以問一個問題嗎？」團隊中最資淺的助理舉手。

「是發生什麼事了嗎？我之前的公司是因爲被內部舉報，被迫要全面檢視ＤＥＩ。我們也是這樣嗎？」大家笑了一下，說：「我們被要求要把各項ＤＥＩ數字化，現在是在煩惱怎麼把再自然不過的日常變成一項項數據。」

我們的高階主管中，男女各半、白種人和亞裔人種居多，也有其他族群，有次派對上看到某位主管的同性伴侶，還眞的完全沒有人在意；我記得我們聊了「哇，那你們家誰負責遛狗」，然後話題就變成狗狗了。

高階主管以外，也是非白種人、女性居多，即使是像我這種連美國人都不是的外國人，在公司裡面也絲毫沒有感覺過一秒鐘的異樣眼光。也因爲這樣，每次在美國受訪時被問到「身爲黃種人女性，你要怎麼在職場上表現自己」的時候，我很不會回答，因爲近十年來我想不到任何情況是因爲膚色、性別、國籍而受到不公平待遇。

但從被問的頻率看起來，我的經驗完全是特例。

私下跟一位菲律賓同事聊天，她說菲律賓的族群比較不是因素，但人們很重視學歷上的血統，「有些馬尼拉大學畢業的人會看不起其他人，有些其他大學畢業的也不會想跟馬尼拉大學的人一起工作。」她就是畢業於馬尼拉大學的人，後來到歐洲念書、爸爸是教授，這樣的背景讓她在非營利組織吃足苦頭，因爲「沒有人覺得我會眞的聽他們講話」。但在現在的公司，反正大家來自五湖四海，名校畢業生一堆，菲律賓的哪間學校畢業一點都不重要。

我後來知道了，如果眞的要用什麼報告書、用一項一項的標準檢視ＤＥＩ，那也眞的是最後手段了。

某位男性高階主管在看過ＤＥＩ報告書的版本之後，跟我說：「這也太不尊重人了，我才不要發問卷問大家的性別取向。」

三四

世界上唯一僅有的花

標題這首SMAP當年的暢銷曲，槇原敬之填詞的歌，第一句就是「無法成爲No.1也好，因爲原本就是獨一無二的only one」。

至今仍然難以想像「獨特性」這樣的概念在東亞會流行，這首歌出現的十幾年之後，還是有很多人化一樣的妝、穿一樣的衣服，偶像團體站在一起有點像複製貼上那種，滿多都來自東亞。

我們文化中注重群體，不想當害群之馬之外，最好也不要太突出或太引人注目。別的不說，光「在疫情蔓延時不戴口罩與不遵守社交距離」，相對於美國人的抗拒甚至群起抗議，在台灣的社會壓力完全不同。有人沒戴口罩的狀況下，我甚至想著病毒會不會在成功進入某人肺部之前，就已經被周遭炙熱眼光高溫殺菌

KO了。

對我來說，也是到了很後來才意識到獨特性眞正存在。

大部分的時候，我們都在追求做什麼要像什麼，什麼樣的角色講什麼樣的話、穿什麼衣服，我們調整自己成大家都很一眼接受的樣子，至少外表看起來要是這樣。

日劇《熟男不結婚》裡面的阿部寬，是個能力很強的建築師，但他上班時會戴有羽毛的帽子、會自己去吃燒肉（依照劇中其他人的反應，這在日本是比較罕見的行爲）；大家會暗暗地說「眞是怪咖」。

獨特倒不是一定要與衆不同到這種程度，我想到Avril Lavigne（艾薇兒）和楊乃文。

我喜歡這兩位歌手在作品裡面展現的靈魂和態度，後來才知道這種個性不只是在作品中，而是來自本來的她們。藝人面對的是大衆，再加上後面有龐大的成本利益考量，大部分公司會幫他們做某些程度的調整、訓練、包裝。我印象深刻的是，出道前，艾薇兒拒絕唱片公司想幫她牙齒美白，理由是「這就是我原本的樣子」；楊乃文則是不上公司安排的國語正音課，而用她原本習慣的發音唱歌。

但一直聽到現在，我從來不覺得艾薇兒牙齒不夠漂亮、或楊乃文咬字讓人不舒服。說到頭，那些指示或許只是爲了趨避風險，排除因爲她們某些不完美而不被喜歡的機會。

爲了被喜歡而犧牲獨特性到底ＣＰ值如何，這點不得而知，但至少我還滿喜歡這樣的艾薇兒和楊乃文。幸運的是，大部分的我們不是藝人或公衆人物，通常大多數人不會認識我們，更遑論喜歡或討厭。我們得以守著自己微小但獨特的個性，在人生的道路中前進。

但換個角度來說，我們永遠無法成爲別人。

工作上有幾位很景仰的前輩，在心裡說過無數次「我也要像她／他一樣」那種。當然也策略性地想過要做哪些步驟來把我複製成她／他？但最後總是很心酸地用「算了算了，不可能啦」結案。是眞的不可能，家庭背景、人生經歷過的酸甜苦辣，就連被老闆罵的話都不一樣，我怎麼可能變她／他。不管如何努力、再怎麼模仿都沒用。

那時我才了解，每個人是有多麼獨特，包括自己。

但這份獨特對我們有價値嗎？

我們會覺得與衆不同很棒嗎？

或是「我才不要這樣，我還是想跟ＸＸ交換人生」。交換人生通常只在電影裡，眞實生活中，不管喜歡與否，我們還是得帶著這個先天後天形塑而成的搭配組合，一步一步向前進。這樣用各種方式平凡到不行的我們，到底能做些什麼呢？

「單純著爲了花朵盛開而努力著就好」，SMAP 最後是這樣唱著。

三五 安安靜靜的最大聲

從小看好萊塢電影、聽美國流行音樂長大的我，自從寫了一本職場書之後，便開始不自量力的想著：「咦，我有辦法寫書耶，該不會也有辦法把書在美國出版吧？」一連串天上掉下來的超級無敵狗屎運之後，我的書還眞的在美國出版了，甚至還登上亞馬遜電子書商業排行榜第一名，緊接著有了在美國的經紀人，開始一連串接受各國訪問、演講的生活。

但也是這時，我才知道電影裡面演的竟然有些是眞的。

我想到了電影《Yesterday》（靠譜歌王），電影描述一個默默無名的大賣場售貨人員兼歌手，某天車禍醒來後發現全世界沒有人聽過披頭四的歌，這個團體也好像沒有存在過。他驚訝之際，唱了披頭四的名曲上網發表，沒想到一夕爆紅，被譽爲即將改變樂壇的最偉大音樂家，接著跟知名經紀人簽約，開始過搖滾巨星的生活。聽起來很扯，但更扯的是我竟然經歷過某些類似的片段。

譬如媒體會想讓人呈現出某種樣子，比較有商業價值的會接受一些「改造」，而我是從人物設定開始被調整。

我是黃種人女生、內向者，在接受採訪時，大多數主持人就會設定一種力爭上游、向體制對抗的路線給我，他們不約而同地問「身爲三重弱勢（不是蘆洲旁邊那個三重，是指黃種人、女性、內向者這三種弱勢身分的結合），妳是怎麼在業界建立自己的地位？」或是「妳怎麼看待社會上的不平等、妳要怎麼打破這些框架？」等……等一下，我不太覺得自己是弱勢、也沒有想要對抗什麼啊，我的書只是希望每個人都擁抱原本的自己而已。

但顯然這樣沒有什麼爆點，他們總是希望把答案引導到某種路線。每次回答到最後我都覺得又累又困惑，不知道要怎麼讓自己良心過得去、又讓他們滿意。

另一個部分是各種關係的經營。

我要跟各國的作者互相拉抬、跟品牌合作、經營社群媒體。經紀人一直請我多分享私人生活、多聊相關主題、多在線上和其他人互動，或是只是刷存在感也好，但我就是很不習慣。

電影裡面有次主角大喊：「整天要我做（上節目、開會）這些事情，我要怎麼創作！」我有陣子因為時差的關係常跨國演講到凌晨，真的什麼東西都寫不出來，整天只覺得極度疲憊。我發現自己更享受的是和那些跟暢銷無關的事：為丹麥的非營利團體提供職場建議、為美國的公立高中家長辦線上座談，甚至有些只有十人的女性團體講座我也去。

那時我瞭解了：我不想引人注意、想要安安靜靜的生活、做些自己覺得有意義的事，而且這樣一點都沒關係。

後來我的作品在更多國家出版，又在美國得了獎，照理講又是一波大好宣傳機會，但我只想在臉書上發個文就好。或許我也不是沒有野心或夢想，但我想要用自己可以掌握的方式做到。

或許別人看起來很可惜，但我覺得活得不像自己才可惜。

前輩提醒我：「永遠都要知道你是可以選擇的。」

是的，有選擇的人生最棒了。

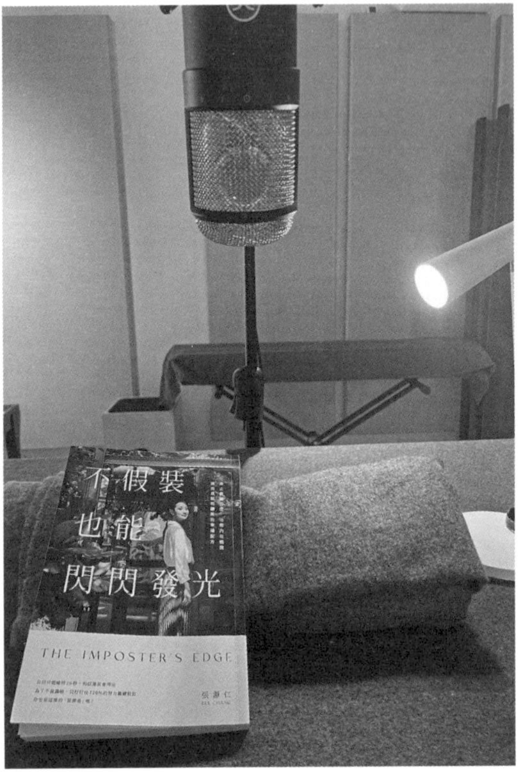
不假裝
也能
閃閃發光
THE IMPOSTER'S EDGE

三六

讓生命瞬間帥氣五百倍的方法

「見到 Taylor 的第一天，我就知道她很特別。她的活力、精神、她的魅力……她的笑容暖到我心坎裡。每次比賽結束後，我總會去找她，因爲她已經是對我來說很特別的人了。」

看到這段話，你覺得作者 Stephen（職業棒球選手）和 Taylor（球迷）是什麼關係？

對喜歡看校園青春浪漫喜劇的我來說，不用一秒就知道：「他們之後就會開始約會、一起參加高中舞會，在浪漫燈光的花園裡跳慢舞之類的啊。有夠老梗，爛死了！」

其實，舞會那個橋段說對了，但其他沒那麼照劇本走。

寫出這段文字的 Stephen Alemais 出生於紐約，二十一歲時被美國職棒匹茲堡海盜隊簽約成爲職業運動員。隔年，他認識了場邊的女球迷Taylor，開始成爲彼此的朋友。又過了一年，Taylor就被診斷出ＡＭＰＳ（Amplified Musculoskeletal Pain Syndrom，肌肉骨骼疼痛症候群，病因不明，患者的關節、肌肉、骨骼會長期劇烈疼痛）。

Taylor和她的家庭從此開始變得不同：龐大的醫療費用造成很大的負擔，同時因爲每分每秒都在痛，Taylor必須透過管灌才能進食。但Stephen Alemais因運動傷害動手術時，Taylor是少數每天傳訊息問候他的人。

Stephen寫出這段文字，是因爲Taylor親手畫了一張海報，邀請他參加她的高中舞會。照片裡拿著海報的Taylor，鼻子上還插著管子。

「我忍不住哭了，世界上這麼多人，但她選我當她的舞伴。會，Taylor，我會帶妳參加舞會，我也會多讓大家認識這種病。我迫不及待了，我們會是舞會上最酷的一對。」

畫面拉到高爾夫球場上，二〇一九年的ＰＧＡ冠軍Gary Woodland在奪冠後，打了幾通電話給重要的人，其中一個是Amy Bockerstette，一個先天患有唐氏症、卻持續努力不懈直到拿到大學高爾夫獎學金的女生。Gary Woodland在一個高球公益場合認識Amy，打球當下她不斷說「I've got this（我做得到）」，Gary說Amy

深深啓發了他。他們保持密切聯絡，然後他拿了冠軍、他們一起上節目、Gary 在 Amy 生日時特別錄製生日快樂歌給她，二〇二二年他們更一起重回初識的鳳凰城公開賽。

Gary 說：「有次我在夏威夷茂伊島比賽時幫排隊的人簽名，有個小孩走過來，他說『我是有特殊需求的小孩，我看到你和 Amy 的影片，我只是想讓你知道：你讓我覺得我也可以是正常的小孩。』我深受感動，他說正常，但正常是什麼？快樂、懂得愛人、關心別人，我們不都需要成爲這樣的人嗎？」

這些是職業運動員的場下故事。

或許有人會覺得：職業運動員賺那麼多、又要經營形象，做這些事情是出於公關操作、對他們來說九牛一毛啦。其實，職業高爾夫選手贏比賽才有獎金，Gary Woodland 甚至有一年在 PGA 沒有贏到任何獎金；而 Stephen Alemais 在小聯盟二A的薪水，一個月大概是二千美金，除了要支付住宿、生活開銷之外，每年球季結束後的六個月是沒薪水的。

扣除掉美國人很會講「你對我很特別」之類的幹話這點（這是專有名詞，沒有貶義），很多事情是其實是不用當職業球員，甚至不用任何名氣或影響力，我們也可以做得到的。

寫 Email、在臉書上發文、打電話、去某個地方拜訪……身爲上班族的我們每年要做幾萬次，如果其中幾次是爲了沒有利害關係、純粹爲了讓他人的生命更好呢？不管是流浪狗、生病的人、需要照顧的孩子……找個你在意的、相信的，就去試試看吧！

問我的話，我會說那是讓生命瞬間帥氣五百倍的方法。

三七

可以做的事趕快做，不然明天就肚子痛了

跟日劇《派遣女醫》的主角大門未知子類似，她的興趣和專長都是手術；而我，興趣跟專長都是捐錢。

別誤會了，我不是財產太多所以需要配置、或是收入太多所以需要捐款抵稅的人，我的專長是幫助前述那些人好好捐款。不僅上班時都在做這件事；下班後，我的興趣也是看看哪邊有做得很棒的公益團體，然後送上我的小小支持。

日子久了，我不知不覺變成行業內常常擔任顧問的人：企業或基金會來問要怎麼捐款、公益團體來問怎麼募款，或是怎麼兩邊都來問怎麼合作比較好。三不五時，也會有朋友來問：「捐給誰比較好？」或是「我想捐給真正需要的單位，你能幫我介紹嗎？」

這些越來越頻繁的顧問案，讓我更有機會深入了解每個單位的實際狀況。公益團體其實跟任何業界都類似：大家在同一個市場裡、競爭同樣的資源。政府的社福預算和社會資源都不會瞬間增加，「如果這個公司捐錢給你們、或這個政府案子被你們申請到，我們今年就要找其他方法去補這塊缺口」，這個邏輯應該不陌生。比起業界的競爭關係，大家期待公益團體比較會互相幫忙，好像也不總是成立。

我發現有些機構很小很辛苦，卻很無私幫忙其他辛苦的機構，會主動說「不然我們社工過去幫你們」；有些機構很大、每年收到許多捐款，別人來請教經驗時選擇三緘其口。其實也沒有孰非孰是，就像一樣米養百樣人，公益團體彼此有不同的價值觀，跟吃早餐要配奶茶一樣理所當然。

每天在看全亞洲的公益團體時，我常常在想：如果說這些公益團體是人的話，他們會是什麼樣的個性呢？

剎那之間，眼前彷彿浮現了各種不同的樣貌：有的整天在講電話卻行動緩慢、有的古道熱腸卻不太會理財、有的覺得就算借錢也要發薪水給員工、有的希望員工把薪水的部分回捐給老闆。這些人的模樣讓我啞然失笑，突然想到人家可能也用這種方法在看我，不禁又正襟危坐了起來。那麼，我到底想成為什麼樣的人、我的核心價值又是什麼呢？

美國知名顧問艾莉森・路易斯（Allyson Lewis）在著作《走吧！去做你真正渴望的事》中列出一個清單選項，可以作為參考。先用直覺挑出七至十個你覺得符合自己的；再從中選出三到五個你在生活中必須被滿足、最能呈現你個人風格、對你而言最不可或缺的核心價值觀，那就是你現在的樣子。

有陣子在跟出版社開接下來要合作出版的作品的會議時，我發現團隊總是小心翼翼詢問我的想法，後來知道做書做久了，不是變得無所畏懼就是變得戒慎恐懼。他們可能就是後者，畢竟每天面對的作者也是百百種。

「哎唷，不用這樣啦！我們本來就是團隊，真要說的話，你們才是專業人士、我只是偶爾創作的業餘寫作者，再怎麼樣應該是我要聽你們的吧！」我笑著請他們放鬆一點。沒想到接著的是一段沈默，我心跳也跟著停了一拍，想說：「完蛋，我是不是講到什麼不能開的玩笑、或不小心冒犯到誰了？」

沈默過後，其中一位開口說：「好夢幻喔，我沒碰過這麼夢幻的作者。」

又有一次，跟一個做事非常認真、比我更積極、更重視細節的年輕團隊合作。

但在討論邀請一起宣傳名單時，講到某位老師，他們突然都支支吾吾了起來。「這個老師怎麼了嗎，效益不好嗎？」我問，「效果不錯，但是……每次跟他合作我們壓力都很大」。問完原因之後，原來是這個老師在拍攝現場會無來由的對工作人員發怒。

「我都可以配合，不用擔心我，你們才是主要的。你們會不舒服，那就不要跟他合作了啊！」我說。

「不是不是，我們不是主要的，我們是老師的團隊。」他們接著說。

「那就對了啊，如果我們是團隊，更不可能讓團隊裡面的人不舒服啊。直接刪掉啦，討論下一個」。現場工作人員互相看了一眼後，又是一片沈默。我立馬又開始反省「講錯話了嗎？是語調嗎、用詞嗎？」的時候，他們說「好想哭喔」。

嚇死我了，這些人未免太誇張，我只是奉行「誰會就誰上」的上班族，這些人是受過多少委屈啊？當然，不是說委屈的總是編輯，我也聽過不少作者遭受的委屈，再度印證人生的路上總是各種人都有。

「可以做的事趕快做、可以幫別人的地方趕快幫忙，不然明天就肚子痛了！」我現在大概是這樣的哲學。無論對面站著什麼樣的人，願我們都慢慢成為自己想變成的那種人。

三八

世界不夠好，但我們可以變好

在某個陽光燦爛的秋日午後，我和日本籍作家近藤弥生子約了喝下午茶。

我喜歡她總是對台灣有不同的觀察，有些是在台灣一輩子的我想都沒想過的，這次就是。我們無意間聊到我的專欄稿費都會捐出去，她好奇的問我「爲什麼台灣人這麼喜歡捐錢啊？」她問我之前，我從來沒有想過這件事。

仔細想想，好像我們確實隨時隨地都可以捐錢：路邊撿到的不義之財要捐出去、去廟裡要捐香油錢、超商找的錢丟進櫃檯上的募款箱很方便、路邊募集發票有時候還送小禮物，現在很多商家更是把「買一件捐五元」之類的善因行銷納入日常營業的一部分。但說到底，大家捐錢是爲了什麼？爲了積陰德祈福、節稅、求得好名聲，還是爲了心中理想世界的樣子？

眞要說的話，我可能比較接近最後一項。

不過在國際非營利組織工作的我，也知道自己人單力薄，每個月捐兩次在報紙專欄的稿費其實也起不了什麼作用。這還不要緊，重點是我這樣史無前例的捐法，聽說給編輯部和財務部造成意想不到的困擾。譬如我請他們直接匯款到對方單位時，常被銀行拒絕，因爲「需要本人證明捐款意願」。我還因此特別跑到一間很遠的銀行簽名幾次，證明我想把稿費捐出去。知道這種困擾之後，我們改成報社先匯稿費給我、我再用匯款捐出去；雖然需要兩道手續，但總比每次都要花一小時車程去「證明」我想捐錢好多了。

所以究竟這樣複雜的程序、捐出微小的金額，到底有什麼意義呢？想了很久以後，覺得應該是一種「應援」的感覺吧。

在公益單位工作的人，通常沒辦法像網紅一樣在直播中被刷一排愛心或收到抖內，但他們日復一日做的事，說眞的都値得整拖拉庫的愛心。而我們做的事，或許就是用我們可以的方式支持他們吧。這個世界離完美有多遠，我們需要他們的力量就有多少。

很多人覺得「哎唷，能捐的錢又不多，乾脆算了」。其實，無論公益團體規模，最能幫上忙的是定期定額捐款。也就是說，只要可以持續捐，讓他們有穩定的收入可以規劃，金額大小是次之。

不相信嗎？在寫這篇文章的同時，公司群組裡收到一則財務部同事焦急的訊息「剛剛有人匯進來三百二十萬美金，是誰的趕快拿去」。我舉手承認的時候，感覺其他人都大大的鬆了一口氣。當時離年底關帳剩下不到一週，突然收到一億多台幣的捐款，雖然是好事，這不免有種措手不及的感覺。與其收到一次性的大額捐款，我相信大部分非營利組織都覺得細水長流會更好。

如果您也想加入捐款的行列，可以先從您關心的議題開始（如環保、偏鄉教育、人權等），到對方網站看看他們做的活動是否跟您的想法一致、財務是否透明（捐款有公開徵信紀錄，甚至有財務報表供檢視）。如果更進一步，可以看看董監事會成員和高階主管的背景，這些通常都會影響該組織的決策。

對很怕麻煩的我來說，捐錢就是這樣即使麻煩，也會讓我開心微笑的事。

進安宮
天上聖母
湄洲進香
風調雨順
肅靜
迴避
與天同功

三九

人品的價格

我從小就很怕麻煩，總會想盡辦法偷吃步。小到偷闖紅燈、垃圾不丟到垃圾桶裡，大到答應人家的事情想隨便做做、草草了結就算；總之，人生過得越省力越好。媽媽其實都知道，但我沒有因此受過任何打罵或指正，她最常說的是：「妳的人格就值這樣嗎？」言下之意是，如果垃圾不丟到垃圾桶裡，我的人格就只有那幾公分的價值。

人格這麼虛無飄渺的概念，怎麼可能有辦法說服我？

「到底什麼東西啦，人格又不能吃、不能賺錢，也不會幫我事情做快一點，別人都那樣也沒事啊！」我總在心裡碎念。話雖如此，我還是一邊嘀咕、一邊照著她說的，把事情做到「對得起我的人格」。在這樣莫名其妙的壓力下，我竟然也慢慢變成聚會幾乎不遲到、在路邊看到人家腳扭到會折回去幫她叫計程車的人。

直到我看到一位好友出書，我好像才慢慢明白這一切的道理。

那位朋友不是作家、不算名人，說到底也只是第一次出書的新人。出版社保守地印了一般的量，反正書市這麼不景氣，先賣賣看再說。沒想到首刷不到三天就完售，緊急再刷；意思就是說，搞不好有些書都還來不及在書店上架，庫存就賣完了。看過日劇《重版出來》的話，就可以知道這有多驚天動地。

「發掘到像彗星一樣亮眼的新人，出版社應該笑到合不攏嘴吧！」我在心裡這樣想。好奇地問朋友：「你是怎麼做到的啊？」想不到他竟然跟我說「靠人品吧」這種完全沒有建設性的答案。

先提供一些背景資訊，這位朋友受醫科訓練、邏輯清晰、思慮縝密，平常不是會噴垃圾話的那種人，也從來沒有講些言不及義的理由搪塞我。所以……莫非他說靠人品是認眞的？

我仔細地看了他在社群媒體上的宣傳軌跡，其實眞的也沒有做什麼大張旗鼓的宣傳，只有一支影片、沒有直播、沒有抽獎或贈書，沒有KOL站台（對，這些我自己出書時全都用盡洪荒之力地做了；但就銷售結果來說，根本還是連他車尾燈都看不到）。

他只是分享書的銷售資訊、公布新書發表會日期，甚至還說書有沒有簽名也不重要，但超多人 tag 他。除了推薦人之外，超多臉友主動分享、不知多久以前的房客也來推薦，甚至有名人未讀先推。我想，他平常一定對這些人都毫不吝嗇地給予幫助。而幫他宣傳，只是這些人回報的一點方式。

日劇《重版出來》裡面也是這樣演。劇中的出版社社長座右銘是「隨時行善」，他身為社長卻每天搭電車上下班、住簡單的房子、過簡樸的生活、西裝筆挺地在路上幫人家扶腳踏車，只因為他認為累積福報，才能遇到好書；而連中獎的彩券都不去兌獎，因為要把累積的福報全部用在「出版品大賣」上。戲劇總是有點誇張，但這一次，我覺得好像有些道理，在這位朋友身上尤其明顯。

廣義一點來說，會不會我們人生中很多事情都是這樣呢？例如歌手成為巨星跟他樂善好施會不會有關係、某某人業績好是不是因為他總是樂於助人、某某公司可以度過危機是不是因為客戶比較願意購買有品格、對員工和環境負責任的產品？

這麼說來，或許跟品牌一樣，人品是有價值的啊！

我們都是平凡的人，追求多高尚的人品或許有點遙不可及。

盡可能做個善良的人、做對社會好的決定，或許會是可行的開始。

四十

ＡＩ不能取代的事

常常在想現在還有什麼是科技不能取代的。

當ＡＩ可以做得出跟眞人差不多的照片和影片、當程式可以跟人類進行有內容有意義的對話、當３Ｄ列印可以做出人體器官的時候，我怎麼確認面對的人是眞的？

想一想，或許是溫度和味道。

從小到大，我的嗅覺好像比旁人稍稍靈敏一點，暗巷裡的桂花、空氣裡的濕氣、藏在博物館某處的檜木，我都聞的出來。但也因爲這樣，有時候我會反應比他人劇烈，譬如用到香精太多的洗髮精、或經過焚燒廢棄物的地方，對比覺得沒什麼的旁人，那種無法忍受的不適會讓我看起來遜到不行。

嗅覺太敏感好像沒什麼優點，畢竟我又不是緝毒犬或搜救犬。

身邊很多朋友在玩精油、香氛、純露，我曾經在朋友的推薦下去體驗，結果大概聞到第三種味道之後，我的大腦就因爲訊息過載、直接關機了。回家後只覺得好多味道好混亂，我需要休息。就說了，對味道敏感一點好處也沒有，這下我又顯得更遜了。

抱怨歸抱怨，前陣子我倒是被自己過於靈敏的嗅覺撫慰了一次。

當時我在工作上被大大地衝康（台語用法，指被扯後腿、陷害、出賣、遭受不實攻擊等），我心中充滿不平、委屈，甚至有一點憤怒，卻又什麼都不能解釋、什麼也不能做，只能像吃餅的包有爲和包龍星那樣，全部呑下去（年輕的讀者看不懂沒關係，這是上個世紀的電影《九品芝麻官》中的經典片段）。

那天剛好跟朋友約了見面，雖然只是短暫簽個東西，在聊天中他順手分享了他喜歡的淡香精，幫我噴在手腕上。愉快的見面結束之後，我又必須繼續隻身對抗像潮水湧過來的不友善。但那天晚上，已經失眠好幾個晚上的我，意外的有了短暫的好眠。

半夢半醒之間，我一直聞到手腕上的香味，那是一種很讓人安心的味道，好像在說「別難過，趕快睡吧，沒事的」。照理講，睡覺時香水的味道應該所剩無幾了，更何況我還洗過澡。醒來之後，我用盡各種方法重現那個味道，但沒有一次成功。

朋友告訴我品牌和型號，我隔天馬上跑到專櫃去試。不是，不是這個味道。那天出門前我有擦了自己的香水，會不會是要兩者混合？不是，加起來味道也不對。那天兩種香水之間有隔了一段時間，莫非是因爲這樣？我重新按照當天的時序和間隔，噴了同樣兩種香水，也不對。

「這一點都不科學啊」我心中非常納悶，想著如果是標準化、大量生產的商品，怎麼可能無法複製。即使走出低潮之後，我還是繼續實驗，想找出那個具有神奇撫慰效果的味道。只是在失敗多次之後，我只能放棄。

後來我看開了，或許那個安撫人心的味道是融合了當時我的焦慮、朋友的善意、加上來自宇宙的祝福，才會這麼獨一無二，在我最需要的時候出現在我的手腕上。

味道對我來說，就是這樣眞實世界中僅存的浪漫，畢竟 AI 目前還無法量產海潮的味道、森林裡的味道或週末戶外 BBQ 的味道。根據每天情況不同，我會爲自己擦上不同的味道，就像穿上不同的衣服一樣。

「這個場合需要讓我勇敢的味道」、「今天需要溫和體貼的感覺」、「這種天氣適合寒帶樹林的冷冽」，在我的世界中，味道也是有個性的。

在書頁中我沒辦法跟你分享那個鼻腔裡的世界。不過也沒關係，嗅覺高敏感的世界聞起來是一團混亂，你不會想進來的。

四一

地震的時候

二〇二四年四月三日發生了大地震。震央在花蓮，規模七．二。在台北市的我，印象中這是九二一之後最大的一次。不僅震度很大，感覺是上下左右都來震，連有感餘震都很多，多到我分不清楚現在是餘震還是我經常性的頭暈。

正因爲這麼嚴重，所以大家都很緊張。地震發生時我在家裡，地震稍停、我還在撿東西時，就已經收到來自台中老家和一位好朋友的關心訊息。回完他們訊息，看了一下臉書上大家的報平安之後，我開始一一確認那些沒有po文的親朋好友是否安好。知道大家都平安，再次體會了「平淡就是最高等級的幸福」。

身爲朋友很少的內向者，有時不免覺得自己跟這個世界的連結不多；更悲觀一點想，不知道這個世界有沒有我的差別在哪裡。所以我一直很努力增加存在感：努力工作、努力對別人好、努力幫助這個世界。

雖然這樣說或許有點誇張，但在這種生死交關的時候，家人和那一位朋友讓我覺得：我只要是我，就好。努力也好、沒那麼努力也沒關係；只要是我，他們就會把我放在他們心裡一個地方，安安穩穩的。這樣的安全感，瞬間讓我有種說不出的感動。

國外的朋友也是，根據各國看到新聞的時間，我的私訊一波一波被關切的訊息塞滿。跟台灣一樣飽受地震之苦的日本、尼泊爾、菲律賓，或是大部分人沒經歷過地震的美國，都不斷傳來溫暖的關心，其中很多還是已經久未聯絡的前同事。三天不到，許多日本讀者已經傳給我訊息，說「捐款已經完成」、「雖然只是一點小小心意，希望台灣早日恢復」。

雖然很想趕快回覆他們的關心，但我前兩天都在趕著讓台灣震災募款網頁上線。一邊開著電視看新聞，室內電話、手機、電腦通訊軟體同時響不停，通話途中還一直被插播，一個晚上起床三次回訊息。跟二〇一六年台南震災、二〇一八年花蓮震災相比，不幸中的大幸的是：這次不是在半夜、也不是在過年期間，無論是搶救或應變的時間和人力都可以比較多一點點。

那兩次震災我爲了在第一時間向國外募款，晚上幾乎沒有睡。不過後來用募到的款項，做了幾批防災包分送給花蓮社福單位，也爲花蓮在地社區請來專家辦震災預防工作坊。看到當時做的防災包，這次大家還有在用，就覺得很開心。

我想，這個世界或許就是這樣，沒事就是好事；有事的時候，有朋友可以幫忙還是超級幸福的。

對了，你猜第一個傳訊息問我是否平安的外國朋友是誰？

是「日本富比世雜誌」官方帳號。雖然是商業雜誌，但他們其實有社工師負責做訪問過的人的個案管理吧！？太暖心了。

（攝影 / 郭嚴文）

四二

我沒研讀過太多宗教經典、也沒參加什麼宗教團體或組織，像大多數台灣人一樣，我信的應該叫台灣民間信仰，一種非制度化的宗教。我讀過教會學校，每天禱告至少三次那種；我也打過禪七，一大早要起來念佛那種。我沒有特別熱衷宗教事務、平常也不喜歡打擾神明，畢竟祂們要處理的世間疾苦已經夠多了，「可以解決的就自己解決，眞的不行再去跟他們請教」我總是這樣想。

有趣的是，即使是這樣沒有太深刻信仰的我，有時會做一些帶有明確訊息的夢。譬如我會夢到已經過世的前老闆。

我擔任老闆的特助六年，他事必躬親、記性極佳，六年間交辦過無數事情給我。雖然他過世前我就轉職了，之後也由下一代接手企業，但我還是時不時會夢到他。

有次夢到他在看新辦公室，從兩間裡面選了一間，我隔天照實跟接手企業的女兒說，女兒非常驚訝，因爲當時他們正在挑新辦公室。從那次之後，這類神奇的事情漸漸變得稀鬆平常，有時候是老闆提醒要員工旅遊、有時候是交代要辦春酒，總之他都會在事情該發生的時候從夢中傳遞訊息給我，我轉告女兒的時候，也都得到一樣的回覆：「這次是什麼？知道了，有在準備了！」

只是我只能單向的接受訊息，「報告董事長，事情已經進行中」永遠沒辦法回報。

十幾年前，我第一次拜訪當時的客戶家（後來變成好朋友，直到現在）。他們家養了一隻狗狗，據說只要有陌生人靠近就會狂叫，所以根本不需要電鈴。但我去的那次牠異常安靜，我在門口找電鈴找半天，牠就靜靜的看著我。朋友的媽媽看到我還嚇一跳，說「海陸（狗狗的名字）怎麼都沒叫」。隔了幾年我突然夢到牠，幾天後就得知牠去世了。

「我們才見過幾次面，他還特別來跟我說再見，果然是好孩子。」我這樣想。

又過了幾年，我再次無預警的夢到牠，牠還是安靜的看著我。我不知道牠要傳達什麼訊息，那段時間也比較不敢打擾那位朋友，也就只是放在心上。直到有次寄東西給朋友時發現他家的地址不一樣了，我驚覺「啊！海陸那時候該不會是找不到哥哥姊姊，所以來問我吧？」但還是一樣，我沒辦法跟牠說。

有時候的夢比較好理解，譬如有次夢到曾文誠先生、梁功斌先生和王啓恩先生在一起，我在幾秒內就找到這三個人的交集，然後想到「他們三個人做的 Podcast《台北市立棒球場》在募資，我是不是還沒贊助？」一查之下，果然我因為太忙，差點錯過贊助期間。做夢有時候是提醒代辦事項。

做夢有時候是活動預告。有次夢到跟鄭南榕前輩一起去中正紀念堂，夢中的他沒有太多情緒，只問：「蔣介石的雕像怎麼還在？」這種事情我是要怎麼回答!?後來上網一查，原來過幾天中正紀念堂就要開始展「自由的靈魂 VS 獨裁者─台灣的言論自由之路」，展覽中就有重現鄭南榕先生自焚的《自由時代》雜誌社總編輯室。

有時是天上用我比較懂的語言來幫助我理解一些事情。譬如有次夢到以比賽節奏快著稱的大聯盟投手 Mark Buehrle，當時在煩惱的事情也眞的速戰速決；有次夢到媽媽長期患病的大聯盟選手 Noah Syndergaard，才知道 Sjögren's syndrome

（薛格連氏症候群）這種罕見疾病；有次是自幼受到家暴的大聯盟球星 Josh Donaldson，我才了解家暴目睹兒的艱難處境。

有時候不是人、而是一些訊息，有次在夢中的關鍵字是「接受、往前、三年前就應該這樣了」，隔天就收到一大堆國外的工作邀約；平常的我一定會害怕接受，但那次我決定聽夢裡的聲音，結果好像也還不錯。

只是有些訊息我就很難解，譬如有次夢到某位三隻眼睛、很多隻手的神明，跟我說：「這個世界太多派對、人心敗壞。」我也不知道爲什麼這種事要跟我說，我畢竟如此人微言輕，對世界的運轉沒太大影響。但我很想跟祂說「多跟少都是相對的啦；而且人類自己做的決定，後果就讓人類自己承擔吧。這樣擔心，人家也不一定聽得進去，到時候只會累到自己」。

話雖如此，這些也是我自己講心酸的而已，我還是只能單方面的接受夢中訊息，畢竟我也不會通靈。

四三

不怕玻璃身，只怕玻璃心

「搞什麼鬼啊，Buxton 又受傷了!!」一個晴朗的週六上午，我在家裡抱頭哀嚎。

先說一下背景，我支持的棒球隊明尼蘇達雙城隊，是個在美國北大荒的小市場球隊，大部分的時候沒辦法砸大錢搶王牌球星，多是靠交易、培養新秀，期望維持一定的競爭力。而在歷年新秀中，Buxton 曾經是最被寄與厚望的那個。開始就一鳴驚人，之後連續好幾年都在最被期待的新人之首，對當時已經低迷好幾年的雙城球迷來說，Buxton 是隧道盡頭的光。

但是，Buxton 名字裡就是有個 BUT，這道光從來沒有好好照進黑暗的隧道裡。他鬥志高昂、攻守俱佳、人緣又好，但總有一百種不同受傷的方式：跟隊友相撞腦震盪、肩膀動手術、膝蓋受傷、球打到自己腳趾受傷、吃牛排吃到牙齒裂開……他身上經年充滿神祕力量的 BUT，完全不是安太歲可以解決的事。

「今年我們砸大錢簽了強打 Correa，再加上健康的 Buxton 你就知道～」雙城迷摩拳擦掌迎接新球季，但一百六十二場比賽才打到第七場，又看到 Buxton 在醫護人員陪同下低頭離場的身影。我彷彿可以看到全明尼蘇達州的爆米花砸向電視，不，大家應該繼續吃吧，反正這麼多年也習慣了。

但這樣是可以習慣的嗎？我想到我有個助理也有類似的體質。

他做事盡心盡力、毫無疏漏；腦袋聰明機靈、舉一反三；不管面對再大的壓力或再困難的人物，他總是面帶笑容，心理素質強到可以當國手。只是，他比一般人常請病假。天氣太冷會頭痛、太熱會中暑、一下冷一下熱會感冒發燒、鼻竇炎發作時需要三天恢復、腸胃也好像不太好。我深深了解這裡面沒有一樣是出於自願，所以如果可以幫忙就盡量幫，大家也會常分享增強免疫力的保健品給他。平常還好，碰上忙季時每個人力都要當兩個人用，如果碰上無預警的病假，其他團隊成員就會被搞得人仰馬翻。

我認識有個工作能力極強的律師，身為女性的她在男性為主的法律圈，從助理一路往上爬，最後自己開了法律事務所。她其實很常生理痛，但為了不影響工作，一路以來總是用大量藥物和意志力壓下來。因爲知道自己身體上的限制，她當老闆後，聘用的同仁大部分是男性，目的就是在自己身體不舒服時，他們可以分擔工作。

從小身體也不太好的我，完全懂這種要靠外界幫忙才能正常工作的感覺，並且打從心裡感激一路上收到的善意。

所以那個助理呢，要換個身體比較好的嗎？

我沒有這樣做，他仍然是我的助理，還找了實習生來幫他。這樣一來，公司成本沒有增加、實習生可以得到難得的類正職經驗、團隊穩定度也增加；雖然花了較多力氣，但我覺得這樣比較符合我的價值觀。跟玻璃心比較起來，我覺得玻璃身其實不算重大傷病。

回到玻璃身界頂端、搞不好一輩子都沒辦法完整打一個球季的Buxton，雙城隊怎麼處理他呢？他們沒有處理他，反而找了營養師幫他調整飲食、希望改變體質，還簽了七年、價值一億美金（約台幣二十八億）的延長合約。

他們沒有放棄耶！

他們在看似困境中找到雙贏的方法，用相對低的價錢簽了長約，只要Buxton

可以打一半的比賽就算賺到，而 Buxton 也得到他想要的工作保障。

就說吧，只要不是玻璃心，一定有辦法的！

［蘇東隧道］

在蘇澳某處，不過短短一百公尺的隧道。

有自行車道、有觀景樓梯，還定時有燈光秀，用造價不菲的顏料和特殊的紫光燈，打造出奇幻的海底世界。

我到的時候是個下雨的晚上，整條隧道只有兩個人，包場享受一整段的魔幻時光。即使這麼小小的地方、也值得擁有龐大的魔法，我覺得是某種台灣獨有的溫柔。

〔治頭痛早餐〕

有次莫名頭痛，睡一覺起來依然沒有恢復。

「買得到熱湯嗎，看喝熱湯會不會好一點。」台南來的好友建議。

熱咖啡、熱奶茶、熱豆漿米漿都好說，但台北市早餐時間哪裡找得到熱湯啊！我就這樣一邊遍尋不著心心念念的熱湯，一邊抱著很痛的頭，哀怨的展開整天的顧問工作。

「北漂真是辛苦我了啊！」我彷彿聽到自己的胃這麼說。

（攝影／郭嚴文）

［地區限定的富翁］

我喜歡菜市場，尤其是點心攤位。有次我用了洪荒之力提前完成錄影，就是為了趕在黃昏市場結束前去逛一逛。

在極其有限的時間裡，我還是瞬間用紅龜粿、北港大餅、九層塔蔥油餅讓自己變成點心富翁，再心滿意足地趕往下個行程。如果再加上菜燕的話我就是首富了。

（攝影／郭嚴文）

〔烤著魚的夜市〕

大地震過後的花蓮，連平常人聲鼎沸的夜市裡都顯得冷清。我喜歡花蓮的慢活節奏、彷彿可以延年益壽的空氣、和沒有被阻擋的天際線。而且，這裡的夜市竟然有賣烤魚。

唯一不對的是我，我吃太飽了，走到烤魚攤已經呈現無法進食的狀態。對不起，我一定會再來吃的！（圖為花蓮東大門夜市）

四四

沒有切身關係

本來我們聊著在美國的火車旅遊，朋友話鋒一轉，問：「Jill 妳該不會眞的覺得妳是黃種人吧？」

我一下摸不著頭緒：「咦，我不是黃種人是什麼？」

他接著說：「妳的皮膚根本不是黃色的啊，妳自己說妳皮膚是什麼顏色？」

我抬起手臂看了一下：「嗯……我也不知道，在台灣我們都說這是皮膚色。」

他大叫：「對，就是皮膚色！眞要說的話，應該是六成棕色加三成白色，黃色頂多一成吧。妳知道以前人叫印地安人 redskin（紅皮膚的人）嗎？這太瞎了，哪有人皮膚是紅色的。」

我這個朋友是個美國人，我們認識十幾年了，他總是用不同的文化觀點挑戰我。「妳為什麼有英文名字，妳的母語又不是英文」、「爲什麼你們都知道美國的事情，但美國人都分不清楚台灣和泰國」。

有次我獲選科技女性菁英獎，直到出門前一刻我都還在猶豫到底要不要去領獎，畢竟我從來不覺得自己跟科技有什麼關係。後來美國的他起床了，發現我還在家裡猶豫，他說：「妳有智慧手機嗎？」當然啊，我還每天勤奮地幫他充電呢！「那妳就是科技女性！快去換衣服出門，這個獎是妳應得的～」果然是自信心爆棚到還可以跨海傳播的美國人。

他有段時間因爲老婆要換工作的關係，在不同的搬家地點之間考慮。我們討論過一輪之後，我提議：「你搬去XX好了啦，那邊天氣跟環境都符合你的條件啊」，沒想到他馬上說：「不要！那邊政治立場跟我不一樣，我住那會生不如死。」我說，這位先生是機師，明明平常就在外面飛來飛去，在家的時間根本很少，何況政治立場這麼虛無飄渺的東西，又不是像電信公司會影響手機收訊，我第一次聽過有人因爲政治傾向選擇住的地方。

他解釋給我聽：那個地方因爲氣候好，很多退休人士選擇移居，所以他覺得充滿上個世紀的思維，該地的政策和法律也反應這樣的價值觀。先不論我認識某些退休人士其實比年輕人還開放，我不懂他爲什麼這麼排斥。

「這會影響居住品質嗎？」我問。

「如果妳來美國住，跟我們一樣講英文、一樣努力工作誠實繳稅，可是還是有很多人因爲妳是黃皮膚而不認同妳，妳會喜歡他們嗎？我才不想跟那些人住一起！」他突然義憤塡膺了起來。

「所以……你是爲了其他人？」我有點被搞迷糊了。

「對，我有權選擇自己認同的世界。」

比起我們，美國人眞的好常把權利掛在嘴邊。

我其實有點感動，他身爲白人男性，其他種族和膚色的人受到什麼樣的待遇其實跟他沒有切身關係，但他選擇做出選擇，實在有點帥。

我想到一些類似的例子，像是女權運動其實很需要男性的支持、新住民的權益需要本住民支持。

很多時候我們的冷漠或不在乎，只是因爲沒有切身相關，但什麼程度才叫夠切身呢？

想想我們身邊或許也有很多人，需要我們來幫忙支持或發聲；也或許，只是需要我們張開眼睛打開耳朵，看到聽到他們。

話說回來，同在一個地球上，哪有什麼事情是眞的沒有切身關係呢？

四五

完全比賽

在某個初夏的晚上，我好像看到了完美的模樣。

那是一次到日本出差，我因爲實在很想在當地看一場棒球比賽，便想盡各種方法，包括把機票延期、查比賽、透過各種管道買票等等。但出差地附近的球場都沒有比賽、遠一點的地方票也買不到、路痴的我一定會在迷宮般的地鐵中迷路，又只剩平日晚上有空我實在不好意思拜託人家等等，我安慰著自己「沒關係，等下次好了」。

就在我快放棄的時候，所有事情竟然用某種神奇的節奏一步一步到位：我知道只要搭一小時火車就可以到有比賽的地方、有人答應會幫我處理票、日本當地也有（其實不太熟的）朋友可以帶我去。

因爲人生中沒有發生過這麼好的事情，我一下不知所措，一再跟朋友確認「眞的不會麻煩你嗎？還是不要好了啦，棒球比完很晚了、還要搭車、你第二天還要上班，這樣太累了」，但他堅持可以陪我去，我也只好帶著愧疚的心接受了。

確定之後，我又開始無止盡的擔心：聽說那個球場很悶熱不知道要穿什麼、氣象好像說那天會下雨、晚餐怎麼辦……這些就算了。重點是，搭火車來回再加上看球賽這五至六個小時的時間，我到底要跟那位不熟的朋友聊些什麼啊！我心中忐忑不安，但卻無從準備起。

終於，那天到了。

不熟的朋友帶了一個完全不認識的朋友一起來，「如果氣氛尷尬的話，至少他們可以彼此聊天，我也不會那麼內疚。」我心裡有股小小的解脫。沒想到，這兩個人是全世界最適合一起看棒球的人。我眞想對天空吶喊：謝謝老天爺!!

他們跟我一樣是內向者，想必我所有的擔心他們也都想過一遍。他們幫我準備了選手圖鑑，從路上就開始介紹兩隊的陣容；他們準備了晚餐，我完全不用在大大的球場裡跑上跑下；他們在一開始就買好了路上所有需要的車票，帶我一路充滿餘裕的搭車、轉車；他們帶我坐最新的火車，透過大大的窗戶看夕陽西下的樣子，根本跟夢一樣。進到球場，發現我們的座位是我一輩子坐過最棒的座位；看比賽的時候，每位選手上場，朋友都會一一介紹他的類型和近況，這場球賽變得超級有趣。

我想，這個世界上如果有天堂，應該就是這個樣子吧。

「妳會餓嗎、要吃東西了嗎？要喝啤酒嗎？會冷嗎？」我整場受到公主般的對待，而我，從來沒想過棒球場是可以當公主的地方。

比賽結束，朋友們支持的球隊贏了，是十六年以來最棒的九連勝，我打從心裡爲他們開心、也深深覺得可以見證這一刻實在太神奇。

回程路上，就算已經聊了一整晚，我們還是繼續在火車上聊天、在計程車上聊天，我甚至覺得我們可以一直這樣聊下去。「謝謝你，我會永遠記得這個晚上」我不知道這會不會是這輩子最後一次見面，決定豁出去了，講出這麼不內向、卻無比眞心的話，「我也是」朋友這樣回答。

分開之後，我看著日本晴朗的夜空，完美的天氣、完美的車程、完美的球賽、完美的朋友，這一切怎麼會這麼完美呢？

或許老天爺是想跟我說，很多事情剛開始或許看起來不順利，但最後都有完美的可能。又或許，正是因為事前的不順利和擔心，最後才會顯得完美。

那天的球票，我視為珍寶般保留著。以後一定也會有害怕的時候，但那個晚上的每一刻，都像在說「不怕，往前去吧」一樣。

謝謝你們，我會永遠記得的。

四六

無懈可擊的離職理由

我的公司是跨國組織，總部在美國加州灣區，溝通上有種明快俐落的風格。最近有個績效良好的同事要離職，理由是「做了三年、經過幾次升遷後，我發現這不是我想要的職涯」。她在週會上帶著微笑，說的如此直白，讓我驚訝到不行，更誇張的是所有主管也都開心地祝福她在下一頁有更好的發展。

怎麼會是這樣，這跟我的經驗完全不同！

加入美國公司之前，我在台灣企業工作將近十年，「找個好的理由（或藉口）離職」好像是我身邊同事朋友們最大的挑戰之一。每次在私底下聚會聊天時，只要有人說「我想離職」，大家第一個問題就是：「你跟老闆說了嗎？你要怎麼說？」接下來大家免不了就開始幫忙腦力激盪，要想出一個不傷和氣、不影響福利、不破壞業界聲譽但老闆又不好拒絕的離職理由。

越資深的人，要找的理由就要越經過深思熟慮，畢竟帶著現有的戰力和資源，離職之後很有可能投入競爭對手懷抱，甚至自己就變成競爭者，是好聚好散還是撕破臉，實在不好說。

我聽過的理由大多是「回家幫忙家裡生意」、「想休息一陣子」、「要結婚並搬到外地」、「想先好好陪孩子」，也有說要移民的（但移民多久就看個人了）。

我也曾經是苦苦哀求朋友幫我想個好理由離職的那種人；有人說「擺爛就好了，到最後公司還要給你資遣費」（但我眞的做不到）；有人說「說你要回學校念書」（但我就是不愛念書那種人，到時候一定破綻百出）……我發現，上班族要想出一個好好跟老闆「告白」離職的理由，比上班本身還累十倍。但爲什麼美國同事們離職都可以如此談笑風生？

我後來自己當了主管、也面試人和管理團隊，了解到公司的假設從一開始就是「人本來就是要走的」。每半年一次的人資面談中，人資長、副總（我的直屬主管）都不斷問同一個問題：「妳還想要學什麼嗎、有什麼事情公司可以幫忙，讓妳達成職涯目標？」看到我迷惑的樣子，他們直接解釋：「妳不會在這邊待一輩子吧，那妳在這邊想學什麼、以後想去哪裡？告訴我，我們來幫妳啊！」

這可能跟文化性有關，我想到「語境」這個美國人類學家 **Edward Hall** 提出的概念。

簡單來說，語境有高有低，在低語境的環境中，溝通都是直球對決，對話講求清楚精確、不帶模糊空間。但在高語境的環境裡，字裡行間的弦外之音才是重點（包括微妙的表情、聲調、可能的暗示、當下的環境、潛規則等），日本文化中所說的閱讀空氣就是這種理解非語言訊息的能力。

我們的團隊跨了二十幾個國家，我必須要說，幸好美國是低語境的文化，事情都可以用有禮貌的方式直接講，當然也包括離職理由。我無法想像如果是所有事情都要再三推敲與猜測才能知道對方的意思，而所謂「對方」是來自完全不同文化的人、講著不是母語的英語，會有多少可能的誤會產生。

話說回來，你想知道我聽過最無懈可擊的離職藉口是什麼嗎？

「我想加入艾美許人[4]」。現在你知道了，不客氣。

---

4. 拒絕汽車及電力等現代設施，過著自給自足、極簡生活的一派基督教信徒。

四七

香香的對抗世界

我被罵得好慘！

原本追蹤者其實沒有很多的粉絲專頁，瞬間湧入好多不認識的人，用我不甚熟悉的言詞，像是「僞善」、「噁心」形容我。

事情是這樣子，因爲公司發布訊息時犯了錯，讓很多人不開心。因爲時差，第二天改過來之前，訊息已經被許多人截圖、並在各個社群間廣爲流傳。我是那間公司在台灣唯一的職員，瞬間成爲衆矢之的。

「聽說這個人在台灣還是作家，怎麼有臉啊」，我眼看就要被炎上，卻被告知什麼都不要解釋。犯錯的同事跟我道歉、公關部跟我道歉、執行長跟我道歉，但沒有人打算要對外做任何公開說明。事實上，執行長直接跟我說：他覺得此刻說什麼都不對，打算等事情自然平息。

理性上來說我理解他的決定，甚至覺得這可能是當下最合理的解決方式。但每天罵我的人沒有減少，我從裡到外都被罵臭了。公司沒有受影響、沒有任何其他人受影響，只有我像是不能還擊的拳擊手，在衆目睽睽之下，一個人在擂台上不斷接受重擊。

雖然不是第一次被公開批評，但如此大規模又充滿怒氣的一切，仍然讓高敏感的我承受不住。連續快一個禮拜，我每天都是哭著入睡，醒來再用紅腫的眼睛面對更多謾罵。即使如此，因爲時值大地震救災期，我每天都還是熬夜工作，爲震災在國外搶時間募款。

我必須不斷打電話聯絡事情，卻每次都害怕電話那頭接起來說：「啊，妳就是網路上在罵的那個人。」那是種結合委屈和孤立無援的感覺，我多希望有機會可以讓我解釋一下、或有人可以站我這邊。不是想要討拍或請他們爲我做些什麼，只是希望不要連我最親近的好友也誤會而已。只是我也不想用自己的狀況讓別人擔心，所以除了家人之外，我只有主動跟兩個人講。

但我錯了，跟這些人解釋根本沒用。應該是說，就算不解釋，他們好像也不在意。

「我永遠和你站一起；不管別人說什麼，我都相信你」、「別在意不重要的人了，等我不爽你再在意。別難過，緊睏，沒戴季（快睡，沒事）」他們這樣說。

甚至有平時不常聯絡的朋友，在第一時間賭上他的名聲地位主動幫我背書，請網友不要落井下石；也有我尊敬的作家主動來關心，說了一堆話安慰我，像是「Chris Rock 就說他從來不看評論，因為他不想自己的表演受到影響……不過後來他就被 Will Smith 打了」。我邊笑邊感動到不行，這完全就是他們的風格，我感受到背後滿滿的暖意和關心。

在我考慮關掉所有社群平台、跟朋友一一道歉（因為可能已經連累到他們）的時候，葉丙成老師跟我說：「繼續加油，做妳覺得有意義的事就好。」

看到這句話，我瞬間在螢幕前面崩潰。「他為什麼要相信我，我做的事情可能根本一點意義都沒有啊」，我邊哭邊內疚，害怕辜負朋友們的信任、害怕我根本不是值得這麼多社會資源的人。

哭了半小時後，我決定不能再這樣下去了。我要去棒球場，球賽結束之前我就要振作起來。

從青春期開始，我覺得沒辦法呼吸的時候，只要看棒球就會好很多。最好是小小的球場，最好是白天的業餘比賽，看台上空蕩蕩的那種。坐哪邊都沒關係，反正已經這麼帶賽了；帶書去看也沒關係，反正都這麼低潮了。不管是熱死人的玉山盃或是風吹到頭痛的春季聯賽，我會在看台上一個人坐著，就這樣讓棒球陪我。球場上所有的不完美、所有的徒勞無功、所有平凡微小的努力，都會幫我把元氣一點一點補回來。

那天也是，我獨自坐在喧鬧的職棒賽事中三個多小時，本來想要在球場的角落大哭一場，但看著場上熟悉的身影，覺得一切好像也沒那麼糟了。球賽中我接了一個訪問、看了一本新書並推薦、還處理了三億多元的募款提案，都趕在午夜前完成。最重要的，我的元氣慢慢回來了。

走出球場的時候，我滿心感謝，感覺對這個世界依然可以有所期待。第二天開始，我噴上喜歡的香水、繼續做我覺得對的事，然後笑笑的，畢竟 there's no crying in baseball（棒球裡沒有眼淚）。

朋友跟我說「當你覺得辛苦的時候，想想西雅圖水手隊。每年培養新秀、訓練、交易半天，結果花了二十一年才打進季後賽。相較之下，我們碰到的這些根本不算什麼。」我不太確定一個人的人生能有多少二十一年，不過比上不足、比下有餘的我們，聽到的確心裡寬慰了許多。

謝謝所有雪中送炭的善良人們，我會努力讓自己也變成有能力在大雪裡帶著炭奔向朋友的那種人，總有一天。

四八

不是迷妹

不知道第幾次了，我是打從心裡敬佩在這個時代追星的粉絲們。

我們小時候追星好像比較單純，沒有那麼多資訊、次級團體、遊戲規則。喜歡哪個明星，就在他們出現的時候也出現就好。可能是簽唱會、記者會那種公開場合，也可能是預測他們會出現的時間地點，像是電視台外面或攝影棚，我甚至還經歷過要寫信去唱片公司索取簽名照的年代（對，用紙和筆寫、最後要貼上郵票那種信）。那時沒有社群媒體、沒有小編、不用按讚或分享或衝某些流量，追星靠的就是直球對決、或是比拚兵強馬壯。

念書的時候，我們還曾傾全班之力狂寫明信片、剪截角抽獎，只因爲一位同學要抽劉德華的簽名照。幫年輕的讀者科普一下，沒有社群的年代，辦活動都是靠實體信，那時寫明信片、或買產品後剪下截角寄到公司是很普遍的方式，電視上甚至會有特別的時段，播出主持人在一堆明信片山之中抽出得獎者的畫面。

這個年代的追星戰場顯然不一樣。

除了實體堵人之外，要加入不同社團、追蹤無數粉專帳號，如果是追國外偶像還要會一點他們的語言。這個時代比拚的對象是虛無飄渺的演算法和門檻更高的財力。即使我早已經過了追星的階段，還是會在許多時候，在被這個時代的遊戲規則搞得昏頭轉向之際，對粉絲們欽佩的五體投地。

有次朋友主演的電影要上映，因為在日本我無法到場，想說送個花過去好了，沒想到就此開啓了一段奇妙的冒險。

原本想得很簡單，不就是在日本的網站上訂花、寫好時間地點、在台灣刷卡就好了，後來發現根本不是。

首先，這筆訂單沒有在日本的聯絡人，所以我要先找到首映會的電影院裡面有沒有工作人員可以收花。再來，訂花網站從國外ＩＰ刷不過，所以我要找到在當地信任的人幫我刷卡。最後，在一片花籃的選項裡，我不知道怎麼挑才不會被拒收，因爲聽說每個場地都有不同的花籃尺寸限制！這麼多的挫折，後來是靠一篇網路上的文章解決，而那篇文章的作者，就是某位歌迷，她慷慨的分享偶像日本演唱會時她從台灣訂花、還附上客製化留言的細節。

按照她的指示，我後來是請兩位在日本的朋友幫我跟電影院聯絡、確認尺寸規定，確認收花的人和時間、刷卡、確認送貨條件。搞完我都汗流浹背了，這一切，一點都不簡單。

除了影視明星的粉絲，有些追球星的球迷也讓我歎爲觀止。

有次跟職棒球員好友聊天，他說飯店門口有小朋友找他簽名，一早就看到小朋友很開心。我第一個反應是：爲什麼大家知道你住哪間飯店、爲什麼他們知道你們什麼時候出門、這些資訊是有公布的嗎？當然沒有公布，朋友只說：「不知道耶，好像球迷都會知道我們住哪裡。」

搶票的時候也是，我不知道大家怎麼都有辦法搶到票，但我買熱門演唱會或球賽的票，從來沒有成功過。不管是從很久以前要到金石堂售票系統、後來在便利商店的機台，到現在在網路上看著圈圈一直轉，我槓龜率高達百分百。

如果是真的很想去的活動，都是要硬著頭皮拜託很會搶票的朋友有空可不可以幫我一下。但因爲麻煩別人眞的太不好意思了，我大部分時候都是說服自己放棄。雖然演唱會或球賽的機會很難得，但我更不想爲別人帶來困擾，只好不斷催眠自己「我不想去、那個演唱會/比賽沒有很重要、我不去也可以」。

近幾年開始大量擔任非營利組織的顧問之後，我才知道粉絲又有了進化。有人是用偶像的名義送工作人員或其他粉絲點心飲料，有人會包飛機，在天空上拉布條爲偶像加油，或是在偶像生日時，用偶像的名義捐很多錢到社福團體。我會知道這些，是因爲開始有社福團體把「粉絲」當成大額捐贈者來經營，畢竟這些人捐錢不手軟，只要偶像開心什麼都好說。聽到這些五花八門的方法，都不知道是窮限制了我的想像，還是缺乏想像造成我的貧窮。畢竟包飛機這種事情，我一直以爲好萊塢才會發生……。[5]

比起這樣的熱情，我顯然知能和技能都不夠，不只專業不足、戰鬥力也太低。我不敢在粉專上幫支持的偶像或球員刷一整排愛心，連留「加油」都不好意思；

5. 這是韓國的事，台灣現行民航法規不允許這種用途。

我不敢站進他們的視線裡，在沒人注意的角落支持我比較不會中風；甚至如果眞的有機會見到面，我所有的力氣都會花在讓自己表現得像個正常人。

我不會拍照、不敢做牌子拉布條、甚至害怕我如果說了喜歡哪個偶像，會不會讓對方蒙羞。

但我把他們放在心中一個窗明几淨鳥語花香的角落，讓他們化作世界上所有美好事物的樣子，在穿過指尖的微風中、狗狗柔軟的耳朵後、早晨第一杯咖啡的香氣裡，都有他們。我讓他們進入我在銅牆鐵壁後面的內心世界，開心或悲傷、想大聲咆哮或需要力氣的時候，我找得到他們，即使他們不會知道我。

這樣的我，就算用盡全部心力的喜歡，也不會有人發現。

這樣的我，當然不是迷妹。

四九

迷偶像：沖繩女孩和明尼蘇達男孩

女孩記得那是個乾燥的冬天，她站在便利商店裡，機器前面的人龍已經排到店外面，她知道自己沒有機會了，但還是想試一試。店員問：「大家都在等買安室的票嗎？要下午一點才開始賣喔。」隊伍裡沒有人作聲、也沒有人移動，只是繼續默默排著隊。

這個女生從小安靜內向，戴著眼鏡、有點駝背，在班上一點都不起眼。她現在是跨國團隊的主管了，排在年齡小她一輪的人龍裡搶演唱會的票，讓她渾身不自在、但又不想離開。

她從十幾歲時開始追著安室奈美惠的身影，她知道日本很多同年紀的女生會把長髮染上茶色、把皮膚曬成小麥色、穿著短裙和長靴，但她沒有這樣做。她眼中的安室，即使在演唱會上活力四射、或擁有再多暢銷紀錄，那些都不足以成爲她的偶像。

她看到的是那個來自國土邊陲、安靜瘦小的安室，一個不擅言詞、沒辦法在綜藝節目中表現亮眼，只能用歌聲和舞蹈表現自己的女孩。她喜歡她總是揮著汗用盡全力的樣子，覺得自己總有一天也有辦法跟她一樣找到自己的路。

後來偶像閃電結婚生子、又閃電離婚了，她從偶像的人生中，慢慢看到自己想要的樣子：經濟獨立、情感獨立、做自己喜歡的工作、不怕投入精力追求完美、勇於挑戰自己，同時保有對世界的好奇。

「一切都將從此處／無聲地朝向未來／開始移動」隨著安室自己作詞的 Say the Word，女孩決定挑戰沒有去過的世界，她從溫暖的熱帶島國去美國中西部、冰天雪地的明尼蘇達州，落腳在職棒大聯盟明尼蘇達雙城隊。面對陌生的語言、龐大的組織、一無所知的工作，她常常害怕的發抖。

但整個雙城隊上下充滿濃濃的人情味，是小市場球隊那種一家人感覺。

那時剛登上大聯盟的球星 Joe Mauer，是從小在雙城長大的大男孩，觀衆席裡常有他的家人、鄰居、國小同學、高中教練，他是這個城市的孩子。而負責行銷工作的外國女孩，也被球團高層們當孩子一樣照顧。

總裁見了她好幾次，有時只是爲了幫她完成一個課堂上的作業；爲了她的畢業論文，社區基金甚至派了一整個團隊來幫她。在美輪美奐的辦公大樓裡，會議最後，他們問女孩最喜歡的球員是誰。她沒有思考太多就說了 Joe Mauer，就跟俄國人說最喜歡的作家是普希金、台灣人說最喜歡的歌手是張惠妹一樣自然。

現場主管露出理解又欣慰的會心一笑，眼底充滿暖意的說「Everybody loves Joe（大家都喜歡 Joe）」。當然，everybody loves Joe。

他代表了明尼蘇達人那種低調謙卑的樣子：踏實堅忍、全力以赴、不讓他人失望、從來不會口出惡言、對弱勢不吝付出（通常還會自己加碼）。他簽下破隊史紀錄最高額合約時，沒有大肆宣傳或張揚，只對了球團老闆說「I'll always give my best（我會一直全力以赴）」。女孩在工作中會遠望著他，想成爲和他一樣強大而溫暖的人。

女孩把安室奈美惠和 Joe Mauer 的身影記在心裡努力著，職涯中當然有許多挑戰和起伏，偶像們也是。歌手會銷量不好、球員會因傷所苦；她還是始終如一的支持他們，就像他們一直以來支持自己一樣。她在職場上不斷前進，名片上的職稱越來越響亮、管理幅度越來越大；但偶像的年限有限，這兩位雖然堅忍奮鬥的比別人久，最後還是在同年宣布退休。

女孩面對雙重打擊不可置信，她用盡所有方法取得門票，去演唱會上跟安室說謝謝（當然，舞台上的她沒辦法聽到）。

Joe Mauer 的退休記者會時，女孩跨海看他從學校教練、隊職員到媒體記者一路致謝，用厚厚的一疊字卡，把記者會變成感謝詞語的示範大會。身邊的人都知道她失去精神支柱，同樣喜歡看棒球的美國主管甚至主動提議：「Joe Mauer 退休了我很抱歉，妳要不要請一天假？」

她說：「不用，我今天要工作十八小時，連他的份一起努力。」

之後回到家鄉，女孩受邀到某業界知名的菁英講座演講，主辦單位說其他講者們都寫了給學員勉勵的話，請女孩也寫一句。女孩下意識寫了「全力以赴，做個好隊友、好人、全力以赴的人」。一回神，發現這不就是 Joe Mauer 在退休記者會上，說希望大家記得他的樣子嗎？

有偶像的日子，不見得是最開心的時光，卻永遠無法取代。就像青春期夏天的游泳池、回家時的上坡道、準備聯考時工地的噪音、隔壁同學養的電子雞和收集的大頭貼；異鄉暗無天日的球場、讓人格格不入的喧鬧派對、永無止境的孤獨與挑戰……現在回想起來，卻模糊的像夏天操場上的熱氣。

沒有流行歌曲中充滿活力的節奏、不像棒球場上熱鬧的盛夏夜晚，女孩以前身處那個閃閃發亮的年代，在那一年嘎然終止，離她而去。兩位個性同樣低調的偶像即刻關掉社群媒體，從此幾乎音訊全無。

事隔多年再問，她說現在沒有像年輕時那麼熱切的追逐什麼了。

現在的她尊敬很多人，但也完全瞭解人非完美。她尊敬許多人的某一部分，像是某些人的學養文采、某些人的處世哲學、某些人對抗挫折的能力、某些人的樂觀與對世界的善意，卻再也沒有像學生時代那樣滿腔熱血、毫無保留地把崇拜昭告世界。

我想，偶像們都編織進她的人生裡了吧；或者說，她漸漸把自己活成偶像的樣子了。

五十

深河般的朋友

東京代官山的義大利餐廳裡，我和日本出版社社長、各部門代表、還有經紀公司團隊一起吃飯。這是我第一次以作家的身分到日本、第一次獨自出席工作晚餐，面對這麼大的陣仗、還有語言和文化隔閡，我有點焦慮、不知道要講什麼話題。

突然，其中一位日本同事拿起手機問大家：「剛剛有地震？新聞說電車停開了，你們有感覺到嗎？」我以為是我頭暈，沒想到眞的有地震。

「電車停開，那不就很嚴重？」我擔心地問。「我們每天都有地震，這次算小的，電車只停了五分鐘，沒事沒事。」聽到他們這樣說，我安心不少。

「三一一地震的時候你們還好嗎？」我問。

那時距離地震雖然已經十二年了，但大家好像還是印象深刻，一桌子就這樣熱絡討論了起來。

「那時候架上的書像雨一樣落下，我必須躲到桌子下面，結果整個桌子被埋住，後來是靠同事幫忙把書挖開，我才爬得出來。」這聽起來完全就是充滿書的出版社和經紀公司會發生的事。

講完餘悸猶存的一切之後，話鋒一轉「那時候，真的很謝謝台灣啊！」社長這樣說，大家也七嘴八舌的補充：「台灣真是太驚人了，那麼小的國家，卻給我們這麼多善意」、「剛開始日本沒什麼媒體報導，我們還用自己的線上媒體專門發了一篇文章謝謝台灣」。

看著他們事隔多年還是熱絡討論的樣子，這桌儼然是歐亞板塊、菲律賓板塊、太平洋板塊受害者陣線的聚會。

「台灣也是地震很多的國家，我們懂啊。那時候到處都可以看到幫日本募款的箱子，我自己就看過好多小朋友拿存錢筒出來捐。」我說。這些平常在職場上像軍隊一樣進退有序的專業人士，當時眼底都露出了柔和的光芒。

「真的是朋友啊！」他們輕聲的說，然後一直道謝。這下可驚到我了，「沒有沒有，不是要你們說謝謝啦，互相幫忙本來就是應該的。日本在台灣買不到疫苗的時候，也送了我們很多啊！」他們聽到之後，臉上露出放鬆的表情。

隔兩天，我們在原宿舉辦了公開演講。這是出版社在長長的疫情之後第一次邀請國外作者到日本、也是他們第一次用線上實體講座並行，並在兩個場地都提供現場即時口譯。因爲是付費講座、因爲爆滿的觀眾、因爲複雜的技術問題和突發狀況，大家都很緊張。

還好，那天就像盧建彰導演說的：「所有事情都會不順利的順利完成。」開場我用硬背的破爛日文說了：「台灣有句話『患難見眞情』，今天我想代替台灣人向日本深深致謝。謝謝你們當我們的哆拉A夢。」說實在，硬背的結果眞是糟透了，中間還忘詞。沒想到一開口全場就一直鼓掌，講完又是一陣熱烈的掌聲。會後竟然有三分之一的觀眾都寫了訊息給我；除了講座的心得回饋，也看到好多「我去過很多次台灣，台灣人都很友善」、「喜歡台灣的電影和電視劇」、「謝謝台灣在東日本大地震時的幫忙，日本人永遠不會忘記」這種給台灣的留言。

公務行程結束後，有個很久以前想一起做生意、結果生意沒做成卻變成朋友的廠商，特別送我大大一盒禮物。在Google 翻譯的幫忙下，他在卡片上用英文寫著：「Jill 十年前送我的鳳梨酥，我到現在都還記得味道。這是給抹茶女孩的回禮。」

我跟那間公司的社長，雖然生意沒做成卻一直保持聯絡、過年會收到他的手寫賀年卡；我被日本酸民批評時，他比我還生氣。「畢竟是朋友嘛」、「確實，確實是朋友」看著他們點著頭輕聲地講、手上拿著沈甸甸的回禮，我覺得心裡有條又暖又深的河流流過。

大家都在講擴展人脈、經營朋友圈什麼的；我想友誼是這樣，在困難的時候，知道有個人會在站你這邊，就無價了。

五一

我和我的小田切讓

「作者的痛苦和讀者的快樂是成正比的。」日劇裡演編輯的小田切讓這樣說。

《重版出來》（再版成功的意思）是我很喜歡的一部日劇，描寫出版社中的編輯們和漫畫家一起奮力創作、辛苦尋求被讀者接受的過程。雖然我離漫畫家很遠，但身爲文字創作者，裡面描述的截稿壓力、網友批評、沒靈感時要擠東西出來的痛苦等等，倒是產生不少共鳴。

之前我的書在日本出版，日劇裡面許多情節活生生地就在我的生活中上演，一方面覺得有點酷、一方面慶幸還好不是像半澤直樹那種職場恐怖片。

我的日本出版社不僅是百年企業、現在還是數一數二的商業書出版社，而我的編輯總是讓我想到重版出來劇中的小田切讓：個性溫和、而且超級會鼓勵作者。因爲初出版就成績不錯，作品在網路上開始被討論，當然也開始出現「這種書也可以暢銷」的一顆星評價、和推特上的批評。

「早點睡，不要看網路上的評價、也不用勉強自己回覆留言。」他彷彿遵照日劇裡的SOP，主動幫我做心理建設。中間網路排名下降、分類榜掉出榜首，他穩穩的跟我說：「我們倒是不會擔心喔，實體書店才是重點，我會努力讓最多日本人看到這本書。」這句話聽起來有點太日劇了，但接下來兩週，除了東京、大阪的書店外，陸續看到北海道、沖繩、鹿兒島、岐阜的書店分享照片：不一定是寬敞明亮的大書店，但他們幫這本書開了獨立的地方展示、甚至還有特製的手板可以跟書合照。

我不知道是誰特別去拜託出來的，但想必編輯很認眞的履行承諾。後來出版社安排了幾個頗大的報紙和媒體專訪，我神經緊綳到不行，訪問前拿著訪綱一一問編輯：「這題他們是想問什麼？在日本如果這樣答合適嗎？」甚至到了訪問時，我也會趁著翻譯空檔問他：「這樣回答會不會太粗淺，需要我多說一些研究數據嗎？我會不會講太多自己的挫折，還是要多表現自己是成功人士的樣子？」

他總是秒回：「用你本來的樣子回答就好，讀者會被打動的。」

隔了十幾個小時的時差，訪問結束精疲力竭之際，他笑著說：「妳很完美，快去睡吧。」

日本的商業書籍大多是日本作者，這是他少數直接跟國外作者合作的機會。他說他們一般習慣透過經紀公司減少文化上的誤解，但「妳完全不用，可能因為妳是台灣人、又是內向者吧，我身邊的日本人都很喜歡台灣」。

這樣我好像有點懂了，畢竟內向者每到新環境，總是會擔心，想著怎樣才能被別人認同或喜歡呢、會不會有人跟我頻率相近呢、遇到困難時有沒有人幫我呢？

日本文化裡，「朋友」好像是有點嚴重的字，但在台灣因為買不到疫苗很困難的時候，日本說「我可以給你」，然後連續給了六次。

如果世界是一個班級，我很珍惜坐隔壁的這個朋友。作為一個作者，我也很珍惜因為出版而認識的團隊。工作會有結束的一天，不知道我和我的小田切讓編輯有沒有機會變成朋友，像日本跟台灣一樣。

五二

或許不會再見

送了一位日本朋友離開台灣，他原本是我的讀者，後來大概每半年會來台灣找我一次。在飛機上他傳了訊息給我「機門要關了，我們下次再見囉，來東京一定要跟我說喔」。或許是我自小杞人憂天的個性、又或許年紀大了膽子小了，每到這種分別的時候，我都會忍不住想：「會不會是這輩子最後一次見面了呢？」

有國外朋友來的時候，我總是想讓他們在台灣留下美好的時光，所以每次都會提供客製化的服務。以獨自前來的日本朋友來說，大概是就算我人不在台北，他們 check in 飯店時就會收到台灣紀念品、儲值好的悠遊卡、我的手寫卡片、還有算好時間熱騰騰抵達的鼎泰豐小籠包和珍奶那種，然後我會帶他們認識台灣的歷史、文化，甚至政治。在這樣深度的交流過程中，因為很容易交換價值觀，這些通常都會成為不錯的朋友。

「回去我要繼續增加影響力，必要的時候我才可以一起保護台灣」、「台灣是我的第二個家了，我一定會再回來的」，他們常這樣說。但就是因為把對方當作朋友了，我常覺得自己脆弱無比。世事無常，誰知道我們下次什麼時候會再見。

連住國外、不常見面的人都這樣了，更何況有些我覺得很重要的朋友。

我有個好友身體非常健康、體能大概是我的五十倍、精神年齡大概比我年輕二十歲，即使他實際年紀比我大。幾次他聊到自己以後的告別式，我都瞬間就哭出來了。身為朋友不多的人，我想到沒有他的話，我有事要找誰商量呢、沒事的時候誰來跟我喇賽呢、需要智慧和勇氣的時候誰來給我呢、心情不好的時候是要跟誰說呢……少了他的世界，光用想像的就讓人難以承受。

只是比起這樣的不確定感，明確的句點好像也沒有比較好。

我從美國搬回台灣、跟好友告別時，我們都知道可能再見面的機會也不多了，所以在一個久久的擁抱後，她說的不是 Have a good day（祝你有美好的一天，美國人告別時習慣會說的話），而是「Take care, and have a good life（保重，祝你這輩子都好）」。我記得那時我也是哭了好久，因為我知道再怎麼朝夕相處好幾年的感情，在我如此淡如水的交友模式之下，終將逐漸淡去。而淡去的友情，誰知道就算再見面，會是什麼光景。

這應該是我的問題吧，畢竟別人聯絡我的時候，我會很開心，但我幾乎不會主動聯絡人家。即使心中常會想到、即使很珍惜且懷念彼此之間的友情，但就是很少聯絡。

「那就是妳自己的問題，妳爲什麼不積極一點？」你一定會這樣說。

我總覺得自己的存在是某種打擾，不熟的朋友我不想被打擾、熟的朋友我不想更不敢去打擾，久而久之就變成這種看似無動於衷的樣子。但在冷漠的表象之下，我心裡像社工檔案一樣，放著各個朋友的檔案，並且經常想起。這或許是我忍著不說再見的方式吧。

我可以想像對很多人來說，十年中聯絡不到五次應該就不算朋友了，但對我心中的某些人來說，不聯絡的時候，我仍會一直反芻我們共同的美好回憶，像定期拿出來擦拭的精緻器皿一樣，確保對方在我心裡的位置仍然溫潤透亮。比起說再見或積極的一直聯繫，我更習慣這樣從遠處、在深處珍藏擁有的一切。

話說，我最近也開始練習變得積極一點了，譬如想看的球賽或活動會想辦法去、確定人家想看到我就會盡量出現在對方面前、想見的人會鼓起勇氣創造機會（雖然勇氣更常不夠），想寫的東西會持續寫、想捐的錢會趕快捐。

我想，可能是因爲我也不知道自己何時需要說再見吧。

五三

山海間的溫柔

我坐在北上的火車上，往南邊前進。聽起來有點詭異吧，我是要從緯度二十五度的台北去緯度二十三度的花蓮，搭北上的南下列車、或南下的北上列車。

請容我先汗顏的承認：一直到幾年前，我去美國的次數比去花蓮還多。在美國公司工作的我，有時是出差、有時是度假或訪友，總之，好像總有事情要去。直到某次因緣際會之下，我認識了花蓮的門諾醫院，開始了解偏鄉的醫療處境。

第一次搭火車去門諾醫院的時候，在車上邊搖晃邊看著門諾醫院的故事，看到一句話「美國很近，花蓮很遠」時，覺得像被雷打到一樣。這不就是在說我嗎？我開始深刻檢討：爲什麼我會比較常去一個要花很多錢、坐飛機十幾個小時、要調一個禮拜時差、要辦簽證，還要在海關被問半天的地方，而這個只要坐火車兩小時、可以當天來回，還可以用悠遊卡的地方，對我來說卻如此不熟悉？

我想不到任何可以說服自己的理由，再加上跟門諾醫院的人慢慢熟識，我有了朋友，所以後來一年跑十幾趟花蓮，跑到還跟飯店簽了特約。

剛開始是因爲偏鄉護理人力不足，很多護理和照顧服務員又容易因爲職災受傷離職，我當時的工作剛好可以幫得上忙，就常常去上課教他們怎麼預防。換了工作之後花蓮發生大地震，我又因爲工作的關係可以募集國際資源，到花蓮辦了防災工作坊，讓在地社區和非營利組織有更多專業做好災害預防與應變。斜槓成爲作者之後，人生第一次的新書發表會就選在花蓮，因爲我再也不想被說是覺得「美國很近，花蓮很遠」那種人。

這麼頻繁地進出，我已經學會普悠瑪很晃、自強號比較適合工作；我知道哪一家的自宅烘焙咖啡最新鮮好喝、哪一個品牌的蜜香紅茶冷掉也飄香；我在松園別館有個最喜歡的角落，知道什麼時候的陽光最漂亮；我知道怎麼避開陸客團、或是不巧跟他們一起早餐時要怎麼保護我烤好的吐司。我已經習慣在滿車喧鬧的韓國大媽、穿著短褲夾腳拖年輕人的歡樂氣氛之中，打開筆電奮力工作。

出差的我，還是每次都穿得太正式，走到哪裡都會有人說：「小姐是台北來的吼？」我就是個台北來的人，而且我很喜歡隨便一條路都看得到山景的這裡。

但最近一次去花蓮，卻是截然不同的風光。經過了大地震，火車上沒有人、太魯閣沒有人、曾記麻糬沒有人、文創市集沒有人、棒球賽取消了、賞鯨要併攤才能開團……我沒看過花蓮這麼空的樣子。我一邊有種電影裡外星人入侵地球時的詭異感覺、一邊又覺得沒有人好舒服。餐廳老闆們都撐得很辛苦，畢竟沒有觀光客，花蓮本地人口養不起這麼多店家。

我跟家人一起，買光店裡所有的花蓮薯、坐船出海賞鯨、吃本地人應該不會每天去的文青餐廳、破例讓孩子買用不到的紀念品、上火車前再買了一輪不知道吃不吃得完的土產。我們在能力範圍許可裡，當個極限版的觀光客，試著用一己之力幫助這個受傷的地方。

想不到的是，出海賞鯨時，我們收到千金難買的回禮：那天剛好有足夠的人數，可以順利出船；海面像草原一樣平順溫柔，一點都不暈；最棒的是，我們在兩小時內看到三群海豚（超過平均的一．四群），飛旋海豚、花紋海豚、弗氏海豚都有，加起來大概三百多隻！

那刻我確定了台灣是主場，畢竟之前在太平洋另一邊參加的賞鯨團，除了在海上吹風吹到頭痛之外，全程只看到三隻海獺。我站在船緣，頭髮裡是南方溫暖的風、眼裡是海上飛騰玩耍的海豚、背後是因爲地震像被哥吉拉抓過的中央山脈，耳朵裡有大人孩子們開心的驚呼和笑聲。

那一刻，我被台灣溫柔的療癒了。即使是剛經過震災的土地，還是這麼充滿溫暖的力量；在那個初夏的早晨，這片山海彷彿在說「我一直都在」。

回程的火車上，我第一次捨不得睡、捨不得打開筆電工作，我睜大眼睛看著窗外，想記住這一切。

我想記住侯硐和雙溪之間那條小溪的樣子，他一定有名字吧，我想知道。我想記住陽光閃耀在水田裡的樣子，這個地方的人有他們的故事吧，我想認識。下火車回到台北時，我像電影《神隱少女》主角穿過隧道回到現實世界一樣，一時之間無法適應擁擠的人潮、晚餐時段的美食街，這樣都會區的步調。但路上的一切，山與海給我的溫柔，我全部、全部都記得。

我約簽書會上的孩子一起在花蓮看棒球，雖然不知道棒球賽什麼時候會恢復舉辦，「職棒不來的話，阿姨也會來。」我說。

我跟特地到花蓮聽演講的日本讀者說，台灣很棒對吧？記得常常回來喔。
雖然不知道要花多久時間，但我們一定會再站起來的。
原本以爲自己是去幫忙的，搞到最後，被幫助最多、得到最多療癒的還是自己。
台灣總是這樣，眞是的。

五四

小心，鳳梨內含魔法

我怕鳳梨。

小時候吃鳳梨舌頭常常被刮到很痛，後來是媽媽拿出許多證據，證明經過改良的鳳梨已經不會刮舌頭，我才又開始小心翼翼地嘗試。（台灣的農業眞的很強，眞心感謝專業人士們的努力奉獻）但因爲心理陰影一直都在，加上還有很多其他比鳳梨對人類友善許多的水果，所以我其實沒有很常吃、沒事也不太會想吃。

只是，有次無預警的收到一大箱鳳梨。那是個我認識不久、但很喜歡的人，只說了「我要寄東西給你喔」，然後就空投到我家。

原本以爲會收到衣服、甜點之類小東西的我，在一陣驚嚇中，從貨運大哥手上接下整箱沈重的不明物。打開箱子，赫然看到裡面站著八支被小心保護、飽滿結實的金鑽鳳梨，我手足無措。不只因爲鳳梨是有效期的，重點是我根、本、不、會、處、理！平常就不太吃鳳梨了，就算爲了家人買，我可是在無敵的台灣啊。無論是在超市或是水果店，只要說「幫我殺一下可以嗎？」就會有專業人士用武俠小說才會出現裡的俐落刀法切好，整齊地放在盒子裡。

這下可好了，我要拿這些又刺又硬的東西怎麼辦？

問了附近的水果店，老闆娘一眼看穿我這都市俗的困境，爽朗地說：「哈哈哈，一箱沒殺的鳳梨嗎，拿來我幫妳殺啦。」但我跟老闆娘一直約不到時間，而且在炙熱的盛夏扛刺刺的八棵鳳梨，想起來並沒有多愉悅。

某位瘋狂熱愛台灣鳳梨的日本友人，因爲堅持從台灣寄去的比東京超市裡從台灣進口的好吃，每年都會問：「今年鳳梨產季大概什麼時候開始？」然後由我幫他訂購從台灣冷凍直送日本的鳳梨。（說實在的，這兩種管道有不同嗎？）

我驚訝於他會自己殺鳳梨時，他說是從 YouTube 上學的，很簡單。後來再加上媽媽的口述教學，我決定拿出其中一顆，自己試試看。

切下去之後發現：鳳梨雖然很刺，但切起來沒有想像中的堅硬（感謝不知道幾個世紀前發明菜刀的人）。而我雖然很遜，雖然手上多了一些新手被刺的痛，但竟然也這樣憑一己之力殺完了人生第一顆鳳梨！

用叉子吃到鳳梨果肉那一刻，我眞心以自己為傲，覺得自己根本值得拿到一個獎盃或匾額!!要知道，這種自我讚賞的時刻，在我的冒牌者人生中比日本壓縮機還稀少。

我總是覺得自己做不到、不夠好，但在成功削完鳳梨的那刻，我覺得自己幾乎是無敵的。第一次殺鳳梨就上手的我，應該可以破解數學史上所有難題、停止烏俄戰爭、甚至用核武爆破飛向地球的小行星、拯救全人類。不過這樣的成就感大概只維持三分鐘，我看著一堆切好的鳳梨，又開始想著要怎麼吃完。畢竟我實在對鳳梨沒有太大興趣。

眞要回想的話，曾經有一段短暫的時間、在某個特定的地方，我非常、非常喜歡吃鳳梨。那是剛從美國回台灣工作的時候，在初次到訪的客戶家（後來變成了好朋友），無意間吃到的魔法鳳梨。

不誇張地說，那是可以制霸太陽系的美味。我到現在還是不知道那是什麼魔法（或幻術），那盤鳳梨的每一口，都像濃縮了整個熱帶夏天的陽光、釀成一種毫不矯揉、耀眼卻不浮誇的清香和果甜。每吃一口，我全身都像是觸電一樣，直接通往某種不曾有過的生命經驗。

因爲太驚爲天人，雖然是第一次到訪，平常怕生拘謹的我，竟然顧不得禮義廉恥的吃了好多，活像在沙漠迷路三天後看到甘泉的旅人。客戶一家人應該覺得這個人太好笑了，所以我再度到訪的時候，桌上已經準備好跟一座小山一樣、切好、連叉子都擺好的鳳梨。隔年，我台北的家甚至出現一整箱產地直送的鳳梨，那是我人生中第一次收到完整的鳳梨。

只是，那次被開了天眼之後，一切就回不去了。之後我不管吃哪裡的鳳梨、不管號稱多厲害的品種，都覺得不對。不是太甜就是太酸、味道不是太膩就是太淡，有時甚至覺得有些鳳梨吃起來有種偷偷加工過的味道（如果不合理的話對不起，我有限的知識和詞彙不知道如何描述）。

總之，那曇花一現、全宇宙最好吃的天堂極品鳳梨，我再也沒有遇過。一開始還到處嘗試、尋覓，但每次都敗興而歸的我，不久後又變回那個對鳳梨興趣缺缺的人。

有次跟朋友聊天時討論到：如果你是視障、而且可以選擇，你會想要生下來就看不到、還是在生命中某個階段才失明。朋友說「當然是前者，失去你原本擁有的非常痛苦耶」。我很同意，不過同時也在想，如果曾經擁有過，是不是至少知道天空是怎樣的藍、你愛的人長什麼樣子；就算再也看不到了，至少記憶中會永久存在。

雖然程度差非常多，但我想，鳳梨就是類似的狀況吧。我吃過幾次，把那種充滿魔幻力量的滋味小心地放在記憶深處，這樣就好了。就算這輩子再也不吃鳳梨也沒關係，這樣就好了。

你應該猜到了吧，那位朋友家在關廟，一個用熱帶陽光、紅砂土地、職人和魔法產出鳳梨的地方。

五五

最好的選擇

在美國留學的時候，過著絕對不能算寬裕的生活，卻又想趁著難得在國外的機會增廣見聞。我會坐廉價巴士出去旅遊、在陌生的城市和異鄉人擠上下鋪。

有次春假，我陷入長考。我的室友和她男友要一起去邁阿密旅遊，邀請我一起去；同時我想買一台 MP3 player 讓我可以在運動時有音樂可以聽（給年輕的讀者們，MP3 player 是在智慧型手機發明以前的一種機器，可以隨身攜帶、但功能只有播放音樂）。兩者的價錢差不多，我的預算只能選其中一個。

當時的我陷入天人交戰：我是幾乎每天會運動的人，有了音樂，心肺和重量訓練感覺都會愉悅許多，這樣的效益可以撐好久；但我好不容易去到美國，如果那時候不去邁阿密，或許一輩子都沒辦法去了。

內心交戰許久之後，我選擇去邁阿密。那趟旅程完美到不行：室友和男友是超級好相處的旅伴、那幾天更是像天堂一般的生活，開心到即使再過了十幾年，我仍然覺得那是生命中最精彩的旅遊經驗之一。還好，我選了旅遊。

長大後，面對的選擇又更多了，更慘的是，很多不是錢可以解決的。

要不要轉換職場跑道、要不要搬家或移居海外、要不要跟誰結婚、要不要養狗、要不要生小孩……每個決定的後面都是一連串的機會成本、風險。面對未知，我們常常不知道怎麼做才對。

演講時很常被問我是怎麼選擇，聽起來有點被動，但我心中只有一種「不想成爲那種人」的標準。台語叫「吃碗內看碗外」嗎？他們可能選擇了一條路，但打從心底不喜歡那種生活。

有人是喜歡住在國外，卻因爲簽證因素或要照顧長輩被迫搬回台灣；有人有一份工作，但不喜歡又不適合，痛苦的每天抱怨。我們都經過這種不得已的狀態吧，前輩總是提醒我「你永遠有所選擇」。

我們爲了加班而無法跟家人團聚，那是自己選的；爲了接國外工作而犧牲睡眠，那是自己選的；爲了還錢不得不兼職好幾份工作，那也是自己選的。坦白說這種說法我還沒完全參透，但我漸漸知道「選你所愛是幸運，愛你所選是智慧」。

你覺得每天想要吃什麼很煩嗎？

我做了一個籤筒，裡面放上公司附近我可以接受的飲食選項，眞的沒有想法的時候抽籤就好。我稱之爲「系統化的解決方案」，嗯，好吧，可能只是名字好聽一點而已。

這餐吃飯或吃麵、中式或西式，或許三天以後誰也不記得了，營養均衡、錢包可以負擔、來得及回辦公室比較重要。我的重點是：人生很煩、我們的頭腦可以負載的煩惱量有限，就不要在這種事情上浪費了。

當你覺得被困住時，記得你永遠有選擇；可以的話，選對自己和世界都比較好的那個。

五六

等待大門未知子的日本

有天在燦爛的加州陽光下，我和一個老朋友聊到某次國際研討會的經歷。

當時代表美國的他說：「我在那邊碰到日本的團隊，同樣都是博士、同樣對研究有貢獻，當大家開心吃飯喝酒、高談闊論時，其中的女性成員（只有一個）從頭到尾安靜的正襟危坐。」日劇裡面那種女生負責端茶水泡咖啡、結婚就要離職的畫面，瞬間在我眼前鮮明地浮現。

但參加國際研討會的博士也是這樣？會不會她是最資淺的所以不方便講太多？或本來就不想講話、還是因爲性別的關係？

我甩了甩頭，查到世界經濟論壇發布的Gender Gap Index（性別落差指數）二〇二二年度報告中，日本是世界上一百四十六國中的第一百一十六名，是G7國家中唯一排在百名外的國家，前一位是義大利（第六十三名）。在政治面向尤其低分，過去五十年來完全沒有女性首相想必幫上不少忙（苦笑）。

很巧的就在此時，我認識了日本作家近藤弥生子（Yaeko Kondo）。她結婚後住在台灣十餘年，用超流利的中文跟我解釋台灣和日本職場的不同。

「日本男女地位極不平等；不只是男生，女生也已經習慣接受這個不平等，所以問題很複雜。」她這樣說。

時至今日，職場上，客人來女生要準備飲料、安排飯局時女生要找餐廳訂位、先買好禮物、在現場倒酒、回家時幫客人和主管叫車，女生也會覺得在女性主管下面的男生感覺比較不可靠……近藤小姐描述的日本職場，讓我覺得《派遣女醫》裡如孤狼般的米倉涼子、《女王偵訊室》裡帶領整室男性的天海祐希、《派遣女王》裡在職場上勇敢做自己的篠原涼子，或許都是反射某種日本女生心目中的烏托邦。

但就算女生要負擔這麼多事情，升遷機會卻遠遠不及男性。

在高層大部分被男性佔領的情況下，日本的職場女性如果想要往上爬，就要一面頂住這些不公平、想好跟男性相處或競爭的模式，一面想辦法找機會發揮，或許還要犧牲掉許多工作以外的人生。

職場之外其實也不一定輕鬆，近藤小姐說日本性別角色比較固定，「因爲是媽媽，所以應該要好好做這些事情（例如：媽媽就是要打掃家裡，如果請人來幫忙打掃就是不稱職等）」；台灣則比較不會因爲性別來決定工作或家事職掌，看誰比較會，適合的人就去做。

「我的台灣老公下班後就在辦公室附近的市場買食材，回家後做晚飯。我不擅長做飯，所以負責打掃和洗衣。」她在日本網路媒體《日経 ARIA》的連載中直接這樣寫。當她描述到台灣的先生會在妻子生理期時買紅豆湯給老婆補鐵時，聽說日本讀者們驚訝到不行。

我想到蜜雪兒歐巴馬（Michelle Obama）描述她法律事務所工作時的女性主管們：

她們負重前行，在男性主導的環境中當上國際律師事務所的合夥人，工作上一絲不苟、無比堅韌，幾乎隱藏所有私生活，沒有任何溫暖交心的空間。甚至有年輕女性進入團隊時，這些先驅者會用更嚴格的眼光檢視後進，因爲「她出包等於全部女性都出包」。

但也是因爲這批人的優異表現，她們爲後來的女性撐出可能性，我們在討論家庭和事業平衡、評估各種選項的同時，她們的犧牲換來這些「可能」。那是幾十年前的美國，現在還是需要走過這條路嗎？我不禁這樣想。

寫這篇文章的同時，我被日本雜誌選爲「亞洲女性領袖」之一，跟來自韓國、日本、印度的企業家、CEO、導演、國際律師事務所負責人並列。在這些堅強的女性旁邊，我其實有點愧疚，畢竟我來自這麼性別平等的台灣，跟他們所面對的挑戰比起來，我幾乎沒受過任何委屈或歧視啊。

在一百四十六個國家中，台灣的性別落差指數排第三十六名。我很珍惜所享有的一切，也知道這些不是憑空而來。

「無論性別，大家都可以自由選擇自己的未來，社會可以擁抱並支持大家的夢想，不管是家庭主婦/夫、打工，或是進入職場都是」我是這麼希望。

話說回來，什麼時候我們可以不用慶祝國際婦女節呢？

或許是大家已經夠不在意生理性別的那天吧，我偷偷想著。

五七

跟選美皇后一樣酷

我參與過世界亞裔小姐幾次活動，不是因爲我跟她們一樣漂亮，只是她們邀請我演講，相談甚歡之後，我也漸漸開始參與這個從來沒有關注過的賽事。

某次比賽因爲疫情，只能線上舉辦，我全程參與頒獎典禮，也看到許多讓我驚訝的環節。印象中，除了最主要獎項「世界亞裔小姐」之外，其他獎項應該是最上鏡頭獎、最佳泳裝獎、最佳人緣獎這類；但我看到的頒獎典禮，有「創業獎」、「科學獎」、「學術獎」。我再三跳出視窗確認頒獎典禮名稱，是世界亞裔小姐選美沒錯啊，爲什麼這些類別像是十大傑出青年？

從驚訝中清醒之後，我想著「現在的選美眞是與時俱進」。

可能是因爲線上舉辦的關係，很多橋段是

預錄的，沒有抽題即席回答、沒有評審交叉詰問，當然也沒有我一直期待的「世界和平」。不同的是，佳麗們要展現自己對社會的貢獻；譬如創業家獎得獎者開的是烘焙公司，但她得獎不是因爲營收比別人高，而是她做的每個蛋糕都包含特別訊息，向大衆呼籲精神疾病的重要；譬如科學獎的得獎者在實驗室工作之餘，也長期幫小女生作科普教育；選美皇后就不用說了，她自己經營頻道、訪問世界各地的人，探討人道和平議題。

後來我跟選美皇后又在線上碰了幾次面，她說她一直是很安靜的人，身爲在西方長大的華裔女生，她總覺得自己哪裡不對或不夠好。直到聽了我的演講，才知道原來這些不只是個人特質、也是文化背景的一部分，她現在覺得比較自由、快樂、也更愛自己了。

可能是我好萊塢校園片看太多，這些佳麗怎麼跟電影裡面那種高高在上、覺得只有自己最漂亮、會欺負轉學生的角色不太一樣。但想一想，他們在自己的事業上有所成就、用自己的專長幫助別人，實在太酷了！比起這麼強大的執行力和意志力，我突然覺得她們之所以會出現在選美比賽，會不會其實只是她們剛好長得很漂亮而已。

我喜歡看的影集中，一位女法醫不斷出入混亂的兇案現場，但總是穿得像明星、隨時要準備好被偷拍的那種。她是單親媽媽，女兒是個正在經歷自我認同的青少女，有次女法醫正要出門驗屍時，女兒哭著說自己一點都不酷。女法醫接著轉頭說：「等妳長大了，妳一定會變成很酷的人；我以前也不怎麼樣，但妳看我現在多酷。」

我們的青春期或許都變長了，我們老是在等別人覺得我們酷，我們羨慕那些人生勝利組，覺得自己在名爲生活的戰場中灰頭土臉、掙扎求生，想著何時才能優雅從容、光鮮亮麗，甚至讓人羨慕。或許，我們最需要的是來自自己的讚美：

「今天雖然很趕，但是把所有該辦的事情都辦好了，很棒！」

「雖然很緊張，但報告有準備的部分都有講到，朝王牌業務員之路邁進一步！」

我們可能是媽媽，也可能不是媽媽；可能是主管，也可能不是主管；可能過著可以自己掌控的日子，也可能生活有點超出守備範圍。無論如何，想想你要對那個滿身菜味的美眉說什麼、對身旁淚眼汪汪的小女孩說什麼、對自己說什麼；你的每句話、每個樣子、每次踏出去岔路、每次反擊、每次跌倒、每次站起來、還有每次決定不要站起來，都決定了你有多酷。

總會有人，在面臨人生中要抉擇的時候，想起你的樣子；或者，決定成爲你的樣子。

獻給所有的母親，無論你的生理性別，或有沒有孩子。

五八

故事是從日本的佐賀縣開始。對，就是住著超級阿嬤（佐賀のがばいばあちゃん）的那個佐賀。

一個小男孩，總是目不轉睛地看著電視上的記者。那個年代，如果被問到長大想當什麼，大概九成男孩都是回答帥氣的職棒球員。但這個小男孩不一樣，他的眼光總是越過職棒選手，看著訪問他們的記者，他說：「我也想要那樣，我要當記者。」

小男孩的媽媽聽到之後常一陣笑：「你連跟同學講話都不太行了，不是嗎？」

到了高中，男孩看到戰爭相關的紀錄片，比起先進的武器、軍隊的交鋒，他的目光還是跟小時候一樣，集中在記者身上。

「我想要當戰地記者」他的願望又升級了，

但他還是不擅長跟別人說話，也沒有人相信他可以當記者。

身爲從小話不多的內向者，他比其他人更知道言語的力量。他知道自己擅長傾聽、擅長思考與提問，這些都是有助於當個好記者的特質，即使大家都跟他說記者應該要口若懸河、八面玲瓏。他發揮自己的專長和特點，開始在日本最有影響力的雜誌《週刊文春》當約聘記者，同時也擔任自由撰稿人，訪問許多政治家、企業家，一做就是十年。但有天他驚覺：

「如果每年都換一次首相，我是不是每年都在做一樣的工作？[6] 如果政治中無可避免會有攻擊謾罵，我就要這樣被迫身處其中嗎？身爲記者，我的才華與努力是不是有可能做些對世界有長遠影響、而不只是潮來潮往的事？」

就這樣，他選擇加入一家剛創立的商業雜誌社，這是他第一份全職工作，跟總編輯一起往「正向報導」的理念努力。跟大多數日本的商業雜誌不一樣，他們注重報導新創和小企業（兩者在當時日本的商業界裡都屬少數）。那個從小被說不可能當記者的男孩，直到現在都還是整天都在跟陌生人講話。

被問起這段歷程，他說：「我知道我和別人不一樣，我在世界上有自己的角色，我想要世界上每個人都變更好。年輕的時候難免會跟別人比較，比別人好就開心、比不上別人就沮喪。但我現在覺得與其跟他人比較，向內挖掘自己的內心深處更重要。」

也因爲這樣深切的思考特質，比起追求時效、新鮮感、點擊率的新聞，他更專注在發掘、傳播可以激勵人心、帶來省思、啓發對人生不同思考的故事。

「我想用我所學的一切，把知識分享給所有人；同樣的，我也想向所有人學習。」他說。

佐賀男孩現在當上這個商業雜誌的總編輯，一本初衷的報導較少被關注的職場面向，還持續舉辦針對女性、小企業的商業獎項。他積極和世界連結，甚至在推特上直接邀約訪問、並在他日理萬機的行程中，力求親自參與每個重要專訪。

「這個雜誌聽起來應該是小衆吧！」你或許會這樣想。

在紙本式微、大衆媒體逐漸衰弱的這個時代，他們每月平均印量高達八萬本，

6. 日本採內閣制，由議會中多數黨的黨魁擔任首相。內閣制的優點是小黨也能進入國會，缺點是小黨林立、組成的聯合政府較不穩定。日本從一八八五年設立首相後，現任的石破茂是第一百零一任首相了，平均每任任期只有一年多。

線上版每月平均不重複訪客三百五十萬，有些集數甚至出刊幾天內就被搶購一空。這是日本版的富比世雜誌（Forbes JAPAN）[7]總編輯藤吉雅春先生的故事。

而我是怎麼知道的呢？我就是那個在推特上被邀訪的外國作者。

英文有句諺語是Still waters run deep（靜水深流），這篇獻給那些和藤吉先生一樣，像河流般不休息、做不一定緊急但絕對重要事情的人們。

---

7. https://forbesjapan.com

我佇你後壁

五九

二〇二四巴黎奧運舉辦時，我剛好在美國。因爲時差、因爲鎖ＩＰ，大部分的比賽我都看不到即時畫面。

相較於美國這種運動大國，每天隨隨便便就是幾面金、幾面銀、幾面銅，台灣顯得每一面獎牌都得來不易，不只抽籤時要燒香祈禱、比賽前要同島一命集氣、比賽時更是心臟病高風險時段，感覺隨時都會有集體發病的可能。

戴資穎和依瑟儂的比賽，即使只是小組賽，但不管是對台灣還是對羽球界，沒有人會覺得這場比賽可以錯過吧。但美國沒有播，就連賽後小戴哭著說：「這不是我想要的結果，可是也沒機會了」，我也是事後才從 YouTube 看到。

賽後訪問時，她說聽到運動館裡很多人大喊：「小戴加油，妳可以拿金牌！」但她心裡想的是「我知道我做不到」。

運動心理學眞是很奇妙的學問，旁人的熱情加油，對某些人或在某種時機來說是動力，但對有些人或有些狀況反而是壓力。對不是職業運動員的人來說，我更想知道的是：別人心情低落、失敗、手足無措的時候，可以說加油、可以說你一定做得到嗎？

我不確定，但我有時候聽到「加油」、「你已經很棒了」時，更會覺得孤立無援。那可能是我已經用盡全力但還是失敗，或用盡所有方法還是很緊張的時候，聽到這些話只會讓我確認自己能力有限，再次提醒我自己其實做不到最好、辜負大家期待。

有次，我必須在短時間內完成一個我覺得很難的專案，專案需要長時間面對鏡頭講話。

「長時間」、「面對鏡頭」、「講話」其中任何一項都是我做一次就要休息三天的事，偏偏全部一起來；而且一拍完我就要出國，根本沒有失敗的餘地。我已經用盡全力的準備，每天只睡四小時。但時間太短，離我覺得準備好還很遠的時候就要上場。我越想越害怕，還沒開始就覺得一定會失敗。

人家說跳傘最害怕的就是要跳下去那刻，當時我完全能懂那種要兩眼開開準備投胎的感覺。在這樣恐懼的總和中，我只好在去攝影棚的路上傳訊息給朋友求救。

這位不愧是見過大風大浪的人，他沒有說「不要緊張」、沒有說「你很棒，這件事對你來說很容易」，他說的是「島島啊來（慢慢來）」。

看到這四個字之後，我的呼吸好像可以平緩一點了，我開始可以把大目標分成小目標、開始可以專注每個當下自己能做到的事、開始可以抓大放小……對，就是職場書裡面的老生常談，我還寫進自己的書裡面，但一旦開始害怕就完全忘掉的事。

那次我學到了，比加油更有力量的，是知道有人無論失敗成功，都站在我旁邊，回頭就看得到。

回到奧運，戴資穎的二十年球員生涯在嚴重的運動傷害和遺憾的眼淚中結束。那一刻，全台灣的心都隨著她碎了一地。因爲她，我們有過數不清的驕傲與榮耀，好像我們也做了什麼對的事一樣；她的堅持、自律、謙遜、對球迷的體貼、對故鄉的重視，都像耀眼的南台灣陽光照亮整個島嶼。

到最後的最後，或許是跟努力、跟傷勢、跟紀錄或最終結果都無關的，我們只是想謝謝她是戴資穎，謝謝她讓我們跟她站在同一邊。

我們何其有幸，在這個小小的島國上，享受她帶來這麼燦爛的一段時光。

六十

事過境不遷的美好

你搬過家嗎？有換過工作、到不同地點上班嗎？

你有沒有隔了很久以後，重新回到以前那些的地方看看呢？

我在美國求學、短暫工作後，就再也沒有回到那個我們笑稱北大荒、明尼蘇達州（Minnesota）的雙城（明尼阿波利斯/聖保羅 Minneapolis/ St. Paul）。沒聽過沒關係，大部分人都不知道，那是位於中西部北邊的城市，再上去就是加拿大了。

明尼蘇達是全美最大北歐裔移民州，美國人口中的「明尼蘇達好人」（Minnesota Nice）大概可以描繪一些刻版印象：客氣、保守、友善、不喜歡衝突、冷靜、克制。那是一個每年下六個月雪，是我度過生命中極度重要的兩年的地方。

雖說在那邊的生活影響我很大，但我總是找不到理由回去看看。一方面是我出差都是到美國東西岸，沒有工作上的需要；另一方面是那邊前不著村、後不著店，再怎麼說服自己，都覺得專程飛一趟的時間和金錢不太划算。

二〇二四年，我終於重新回到雙城了。在踏進機場的那一刻，有種極度不眞實的感覺。那邊空氣裡的味道、生活的步調、路人擦肩而過的微笑，還有我最喜歡的小鹿咖啡[8]，都跟夢裡的一模一樣。

這麼多年過去，這個城市變得不同，我也不一樣了。

以前念書時，覺得某家麵包店很好吃、裝潢溫暖又漂亮，如果可以在那邊坐著點杯咖啡該有多好。學生沒錢只能買最便宜的球票，想說如果有天看明尼蘇達雙城隊的比賽，能坐第一層的本壘後方多好（當時眞的貴到不敢想）。

這次回去，我買了那家麵包店的麵包、還到雙城隊主場 Target Field，坐在第一層本壘後方看比賽。麵包沒有記憶中的好吃、本壘後方的票其實不算貴（尤其比起道奇洋基之類的大城市），但夢想終於實現的瞬間，甜美無比。

雖然已經是很久以前的事，但我還清楚記得那時的許多感受。

在那個網路、社群都遠遠比不上現在的時代，跨海跟上流行需要一些力氣。當時的我，因爲想要融入美國同學，逼自己都聽英文歌，也不知道華語樂壇在流行什麼。有次練完球，球隊隊友**K**送我回家，車上放著**Tank**的歌。狀況外的我，一直以爲**Tank**是個新的樂團，而曹格是樂團主唱。可能是看不下去了，**K**轉過頭淺淺的笑著說「妳這樣太快放棄了，不行啦」。

K的年紀比我大，跟我們這種還在用力練英文、在不同文化裡力求生存的學生不一樣，他很小就到美國、在明尼蘇達已經有穩定的工作和生活了。在我眼中，他離美國人的距離應該比離台灣人近吧，至少我是這麼覺得。但我好像錯了，他車上放的是**Tank**最新的歌，還叫我不要這麼快放棄！他淺淺笑著的側臉，後來可能就進入我的潛意識裡，在追求語言進步、美國同儕認同的同時，我知道我一樣可以當個台灣人、不用變成美國人的樣子。

除此之外，那次回到以前工作的雙城隊，也順利見到以前很照顧我的總裁**Dave St. Peter**。總裁還是一樣忙、只是老了很多，我把這十幾年來發生的事濃縮

---

8. Caribou Coffee，是起源於明尼蘇達的連鎖咖啡店，美國只有十八州有、台灣也喝不到。

成十幾秒講給他聽，他聽完輕輕的說「妳來的時候就已經很棒了，不是現在才這麼棒的」，接著他給我一個大大的擁抱，說「雙城以妳爲榮，眞的」。

走之前，我說：「我是台灣來的，你知道吧？」他給我一個「還用妳說嗎」的表情。

無論是K的提點或總裁的照顧，十幾年後我都還是由衷感謝，畢竟能用自己認同的身分、完成以前做不到的事情，那種感覺最棒了。

或許事過境遷，但美好仍在，一直都會在。

後記

在炙熱的盛夏陽光中，隔著時差，主編潔欣說內容已經很豐富，不用再寫了。「什麼!?可是我還有好多話沒有講啊！」我內心某處激動地大喊。其實我不是這樣的人：我一點都不喜歡講話、更沒有因為什麼事大聲吶喊過。

可能是因為寫這篇文前才落幕的巴黎奧運哭點太多，讓我很想台灣。

除了贏得獎牌的榮耀、最後一舞的落幕，那些在世界級的難題之下仍然保持風度、在旗幟被搶走之下仍保有韌性，場內場外的台灣人們，那種謙遜、堅強、善良、鬥志，每一幕都讓人又感動又驕傲。

在這些充滿腎上腺素的高光時刻之外，台灣平常的樣子也讓人喜歡。二〇二四年米其林餐廳頒獎典禮結束後，這些受到世界級肯定的大廚們（台灣人外國人都有），有的說想去吃熱炒或夜市、有的說要去路邊攤、有的要去 KTV 慶祝。不愧是世界級大廚的選擇，這些對我來說無疑是眞正的、腳踏實地的台灣生活。

如果可以，我想繼續寫下去。像跟久未謀面的好友見面，在聊到氣力放盡後，卻會在剛分開後就馬上開始想：「啊，這個忘了跟他說；啊，那件事也沒聊到！」或許台灣對我來講就是這樣的存在。有朋友因爲身分問題，十幾年沒回過台灣，在終於抵達桃園的那刻，他說差點跪下來親吻機場地板。也有熱愛旅行的朋友，三不五時請假往歐洲跑，但每次回到這團濕熱的空氣中，都開心的覺得「啊，到家了」。這個狹小擁擠、不完美的地方，就是這樣讓我們安心的所在。

感謝時報主編潔欣、聯合報主編栗光、女俠創辦人 Trisha 給我寫散文和出版散文書的機會；就算這是最後一次（希望不是），也很開心可以寫下這些對我來說珍寶般閃閃發光的價值和回憶。

謝謝嚴文的慷慨，我在台灣的時間和移動範圍都不夠，書中借用了一些原本是他給我治療鄉愁用的照片。

謝謝幫我撰寫推薦序的曾公（曾文誠）和近藤弥生子，以及掛名推薦的野島剛教授、楊双子老師和郭怡慧教授。我總覺得台灣有他們真好，現在我這本小小的書竟然也分到了這種幸運，宛如神功護體。

謝謝家人，尤其是我的先生，寫作有點像起乩，需要時間來進入狀況、也需要空間抽離，他們總是給我這樣的時間和空間。

謝謝書中所有人事物給我的養分，我努力不要辜負這美好到不真實的一切。最感謝的，是讀到這邊的你。寫作既痛苦又孤單、對環境的傷害也不小（對不起了森林和臭氧層）。但如果你有一點點喜歡這本書，工作團隊的辛苦、我的孤單、因此犧牲的紙張和碳排放，都有了舉足輕重的意義。如果你願意，我會很開心收到你的回饋，無論是社群平台的po文、訊息、Email或各種管道，我都很期待。

如果你是這本書前幾本購買的讀者，你會看到書中有幾張自製的明信片。這些台灣最真實的樣子，希望可以飛到世界不同角落、跟遠方的友人分享。

如果真的能許願，我希望這本書是像彩虹一樣的橋，讓異國的人們來這片土地看看；也希望很久很久以後，我們仍然可以這樣自由的寫著我們熱愛的家。

Sa'iceln[9]，我們一起。

---

9. 阿美族語，加油、不要放棄、不要妥協、堅持努力下去的意思。

VQ00064

給台灣的情書

時報文化出版公司成立於一九七五年，並於一九九九年股票上櫃公開發行，於二〇〇八年脫離中時集團非屬旺中，以「尊重智慧與創意的文化事業」為信念。

作者 張瀞仁 Jill Chang
主編 林潔欣
企劃主任 王綾翊
封面設計 江儀玲
內頁設計 徐思文
封面攝影 王愷云

總編輯 梁芳春
董事長 趙政岷
出版者 時報文化出版企業股份有限公司
一〇八〇一九 臺北市和平西路三段二四〇號三樓
發行專線 (〇二) 二三〇六—六八四二
讀者服務專線 〇八〇〇—二三一—七〇五・(〇二) 二三〇四—七一〇三
讀者服務傳真 (〇二) 二三〇四—六八五八
郵撥 一九三四四七二四 時報文化出版公司
信箱 一〇八九九臺北華江橋郵局第九九信箱
時報悅讀網 http://www.readingtimes.com.tw
法律顧問 理律法律事務所 陳長文律師、李念祖律師
印刷 勁達印刷股份有限公司
一版一刷 二〇二四年十一月一日
定價 新臺幣三百八十元
(缺頁或破損的書，請寄回更換)

給台灣的情書 / 張瀞仁 (Jill Chang) 文 . -- 一版 . --
臺北市 : 時報文化出版企業股份有限公司 , 2024.11
276 面 ; 21*14.8 公分
ISBN 978-626-396-844-8(平裝)

ISBN 978-626-396-844-8
Printed in Taiwan